T0024968

Biblioteca Carlos Fuentes

Contemporánea

Carlos Fuentes (1928-2012). Connotado intelectual y uno de los principales exponentes de la narrativa mexicana, cuya vasta obra incluye novela, cuento, teatro y ensayo. En ella destacan *La región más transparente* (1958), *Aura* (1962), *La muerte de Artemio Cruz* (1962), *Cambio de piel* (1967), *Terra Nostra* (1975), *Gringo viejo* (1985), *Cristóbal Nonato* (1987), *Diana o la cazadora solitaria* (1994), *Los años con Laura Díaz* (1999), *En esto creo* (2002), *Todas las familias felices* (2006), *La voluntad y la fortuna* (2008), *Adán en Edén* (2009), *Carolina Grau* (2010), *La gran novela latinoamericana* (2011) y *Personas* (2012). De manera póstuma, se publicaron en Alfaguara *Federico en su balcón* (2012), *Pantallas de plata* (2014) y, en coedición con el Fondo de Cultura Económica, *Aquiles o El guerrillero y el asesino* (2016). Recibió numerosos premios, entre ellos: Premio Biblioteca Breve por *Cambio de piel*, 1967; Premio Xavier Villaurrutia, 1976, y Premio Rómulo Gallegos, 1977, por *Terra Nostra*; Premio Internacional Alfonso Reyes, 1979; Premio Nacional de Ciencias y Artes en Lingüística y Literatura, 1984; Premio Cervantes, 1987; Premio Príncipe de Asturias, 1994; Premio Internacional Grinzane Cavour, 1994; Legión de Honor del Gobierno Francés, 2003; Premio Roger Caillois, 2003; Premio Real Academia Española en 2004 por *En esto creo*; Gran Cruz de la Orden de Isabel la Católica, 2008; Premio Internacional Don Quijote de la Mancha, 2008, y Premio Formentor de las Letras, 2011.

Carlos Fuentes

Diana o la cazadora Solitaria

Biblioteca Carlos Fuentes

DEBOLS!LLO

Diana o la cazadora solitaria

Primera edición en Debolsillo: mayo, 2022

D. R. © 1994, Carlos Fuentes y Herederos de Carlos Fuentes

D. R. © 2022, derechos de edición mundiales en lengua castellana:
Penguin Random House Grupo Editorial, S. A. de C. V.
Blvd. Miguel de Cervantes Saavedra núm. 301, 1er piso,
colonia Granada, alcaldía Miguel Hidalgo, C. P. 11520,
Ciudad de México

penguinlibros.com

Diseño de portada: Penguin Random House / Paola García Moreno

ISBN: 978-607-381-315-0

Impreso en México – *Printed in Mexico*

O! Swear not by the moon,
the inconstant moon...
SHAKESPEARE, *Romeo and Juliet*

Fornication?
But that was in another country:
and besides, the wench is dead.
MARLOWE, *The Jew of Malta*

Alma a quien todo un dios prisión ha sido,
venas que humor a tanto fuego han dado,
médulas que han gloriosamente ardido,
su cuerpo dejarán, no su cuidado:
serán ceniza, más tendrá sentido,
polvo serán, mas polvo enamorado.
QUEVEDO

In my solitude, you'll haunt me
Whit memories of days gone by.
BILLIE HOLLIDAY, *Solitude*

I

No hay peor servidumbre que la esperanza de ser feliz. Dios nos promete un valle de lágrimas en la tierra. Pero ese sufrimiento es, al cabo, pasajero. La vida eterna es la eterna felicidad. Le respondemos a Dios, rebeldes, insatisfechos: ¿No merecemos una parcela de eternidad en nuestro paso por el tiempo? Las mañas de Dios son peores que las de un *croupier* en Las Vegas. Nos promete felicidad eterna y llanto en la tierra. Nosotros nos convencemos de que conocer la vida y vivirla bien es el supremo desafío a Dios en su valle de lágrimas. Si ganamos el desafío, Dios, de todos modos, se venga de nosotros: nos niega la inmortalidad a su vera, nos condena al dolor eterno. Nos atrevemos, contra toda lógica, a darle lógica a la Divinidad. Nos decimos: No pudo ser Dios el creador de la miseria y el sufrimiento, la crueldad y la barbarie humanas. En todo caso, esto no lo creó un buen Dios, sino el Dios malo, el Dios aparente, el Dios enmascarado al cual sólo podemos vencer agotando las armas del mal que Él mismo creó. Sexo, crimen y sobre todo la imaginación del mal. ¿No son estas dádivas, también, de un Dios maligno? Así nos convencemos de que sólo asesinando al Dios usurpador llegaremos, limpios de cuerpo, liberados de mente, a ver el rostro del Dios primero, el Buen Dios. Pero el *Gran Croupier* tiene otro as metido en su manga. Agotados nuestro cuerpo y nuestra alma para llegar a Él, Dios nos revela que Él no es sino lo que No Es. Sólo podemos saber de Dios lo que Dios no es. Saber lo que Dios es no lo saben ni los santos ni los místicos ni los padres de la Iglesia; no lo sabe ni el propio Dios, que caería fulminado por su propia inteligencia si lo supiese. Deslumbrado, San Juan de la Cruz es quien más se ha acercado a la inteligencia de Dios, sólo para comunicarnos esta nueva: "Dios es Nada, la Nada suprema, y para llegar a Él hay que viajar hacia la Nada que no puede ser tocada o vista o comprendida en términos humanos" y para humillar a la esperanza, San Juan no nos deja sino este terrible pasaje: "Todo el ser de las criaturas, comparado con el infinito ser de Dios, nada es... Toda la hermosura de las criaturas, comparada con la infinita hermosura de Dios, es suma fealdad". Quizá Pascal, santo y cínico francés, es el único cuya apuesta salva, a la vez, nuestra conciencia y nuestra concupiscencia: Si apuestas a la existencia de Dios y Dios no existe, no pierdes nada; pero si Dios existe, lo ganas todo.

Entre San Juan y Pascal, le doy a Dios un valor nominal, es decir, sustantivo: Dios es la cómoda taquigrafía que reúne, en un solo abrazo, el origen y el destino. Conciliar ambos es empeño inmemorial de la raza. Optar sólo por el origen puede convertirse en una nostalgia lírica primero, enseguida totalitaria. Casarse sólo con el destino puede ser una forma de la fatalidad o de la quiromancia. Origen y destino deben ser inseparables: memoria y deseo, el paso vivo en el presente, el futuro aquí y ahora... Allí quisiera ubicar a Diana Soren, una mujer perversamente tocada por la divinidad. Entre Pascal y San Juan de la Cruz, yo quisiera crear para ella un mundo mítico, verbal, que se acerque a la pregunta mendicante que tiende su mano entre la tierra y el cielo. ¿Podemos amar en la tierra y merecer un día el cielo? ¿No como penitentes, flagelantes, eremitas o famélicos de la vida, sino participando plenamente de ella, obteniendo y mereciendo sus frutos terrenales, sin sacrificar por ello la vida eterna; sin pedir perdón por haber amado "*not wisely but too well*"? La mitología cristiana, que opone la caridad al juicio implacable del antiguo testamento, no alcanza la hermosa ambigüedad de la mitología pagana. Los protagonistas del cristianismo son ellos mismos, nunca otros. Exigen un acto de fe y la fe, dijo Tertuliano, es el absurdo: "Es cierto porque es increíble." Pero el absurdo no es la ambigüedad. María es virgen aunque conciba. Cristo resucita aunque muera. Pero ¿quién es Prometeo, el que se roba el fuego sagrado? ¿Por qué usa su libertad sólo para perderla? ¿Hubiese sido más libre si no la usa y no la pierde aunque tampoco la gana? ¿Puede la libertad ser conquistada por otro valor que no sea la libertad misma? En esta tierra, ¿sólo podemos amar si sacrificamos al amor, si perdemos al ser querido por nuestra propia acción, por nuestra propia omisión?

¿Es preferible algo a todo o a nada? Eso me pregunté cuando terminaron los amores que aquí voy a relatar. Ella me lo dio todo y me lo quitó todo. A ella le pedí que me diera algo mejor que todo o nada. Le pedí que me diera algo. Ese "algo" sólo puede ser el instante en que fuimos o creímos ser felices. ¿Cuántas veces no me dije: Siempre seré lo que soy ahora? Recuerdo y escribo para recobrar el momento en que ella siempre sería como fue, esa noche, conmigo. Pero toda singularidad, amatoria o literaria, recuerdo o deseo, pronto es abolida por la gran marea que nos rodea siempre como un incendio seco, como un diluvio ardiente. Nos basta salir por un minuto de nuestra propia piel para saber que nos rodea un latido todopoderoso que nos precede y nos sobrevive, sin importarle mi vida o la de ella: nuestras existencias.

Amo y escribo para obtener una victoria pasajera sobre la inmensa y poderosísima reserva de lo que está allí, pero no se manifiesta... Sé que el triunfo es fugitivo. En cambio, me deja mi propia reserva invencible, que es la de hacer algo —en este momento— que no se parezca al resto de nuestras vidas. Imaginación y palabra me indican que para que la imaginación diga y la palabra imagine, la novela no debe ser leída como fue escrita. Esta condición se vuelve extremadamente azarosa en una crónica autobiográfica. El escritor debe prodigar las variaciones sobre el tema escogido, multiplicar las opciones del lector y engañar al estilo con el estilo mismo, mediante alteraciones constantes de género y distancia.

Ésta se convierte en exigencia mayor cuando la protagonista es una actriz de cine. Diana Soren.

Cuentan que Luchino Visconti, para provocar la mezcla de asombro y deleite en la mirada de Burt Lancaster durante la filmación de una escena de *El Gatopardo*, llenó de medias de seda una bolsa que se suponía llena de oro. Diana era así: una sorpresa para todos por la incomparable suavidad de su piel, pero sobre todo una sorpresa para ella misma, la piel sorprendida de su propio placer, asombrada de ser deseada, tersa, perfumada. ¿No se quería, no se merecía a sí misma, quería ser otra, no se encontraba a gusto dentro de su propia piel? ¿Por qué?

Yo, que sólo viví con ella dos meses, quiero correr aho. ra a abrazarla de nuevo, sentirla por última vez y asegurarle que podía ser amada, con pasión, pero por sí misma; que la pasión que ella buscaba no la excluía a ella… Pero las ocasiones se pierden. Dejamos a una amante. Regresamos a una desconocida. El erotismo de la representación plástica consiste, precisamente, en la ilusión de permanencia de la carne. Como todo en nuestro tiempo, el erotismo plástico se ha acelerado. Un medallón, un cuadro, debieron suplir durante muchos siglos la ausencia de la amada. La fotografía aceleró la ilusión de la presencia. Pero sólo la imagen cinematográfica nos da, a la vez, la evocación y la inmediatez. Ésta es ella como era entonces, pero también como es ahora, para siempre…

Es su imagen, pero también su voz, su movimiento, su belleza y su juventud imperecederas. La muerte, gran madrina de Eros, es vencida y justificada, a un tiempo, por la reunión con la amada que ya no está a nuestro lado, rompiendo el gran pacto de la pasión: siempre unidos, hasta la muerte, tú y yo, inseparables...

El cine sólo nos da la imagen real de la persona: ella era así, y aunque interprete a la Reina Cristina, es Greta Garbo; aunque pretenda ser Catalina de Rusia, es Marlene Dietrich; ¿la Monja Alférez? Pero si es María Félix. La literatura, en cambio, libera nuestra imaginación gráfica; en la novela de Thomas Mann, Aschenbach muere en Venecia con los mil rostros de nuestra imaginación en movimiento; en la película de Visconti, sólo tiene un rostro, fatal, incanjeable, fijo, el del actor Dirk Bogarde.

Diana, Diana Soren. Su nombre evocaba esa ambigüe. dad antiquísima. Diosa nocturna, luna que es metamorfosis, llena un día, menguante al que sigue, uña de plata en el cielo pasado mañana, eclipse y muerte dentro de unas semanas... Diana cazadora, hija de Zeus y gemela de Apolo, virgen seguida por una corte de ninfas pero también madre con mil tetas en el templo de Éfeso. Diana corredora que sólo se entrega al hombre que corra más rápido que ella. Diana/ Eva detenida en su eterna fuga sólo por la tentación de las tres manzanas caídas. Diana del cruce de caminos, llamada por ello Trivia: Diana adorada en los cruceros de Times Square, Picadilly, los Campos Elíseos...

A la postre, el juego de la creación se derrota a sí mismo. Primero, porque ocurre en el tiempo y el tiempo es cabrón. La novela sucede en 1970, cuando las ilusiones de los sesenta se resistían a morir, asesinadas por la sangre pero vivificadas por la misma. Primera rebelión contra lo que sería nuestra propia, fatal sociedad de fin de siglo, tan breve, tan ilusorio, tan repugnante, los sesenta mataron a sus propios héroes; la saturnalia norteamericana se comió a sus hijos —Martin Luther King, los Kennedy, Jimmy Hendrix, Janis Joplin, Malcom X— y entronizó a sus crueles padrastros, Nixon y Reagan. Jugábamos con Diana el juego de Rip Van Winkle: ¿qué diría el anciano si despertase después de dormir cien años y encontrarse a los Estados Unidos de 1970, con un pie en la luna y el otro en las selvas de Vietnam? Pobre Diana. Se salvó de despertar hoy y ver a un país que perdió su alma en los doce años de ilusiones espurias, banalidades idiotizantes y avaricia sancionada de Reagan y Bush. Se salvó de ver la violencia que su patria llevó a Vietnam y Nicaragua instalada como bumerang, en las calles sacrosantas de la suburbia profanada por el crimen. Se salvó de ver las escuelas primarias ahogadas en droga, las secundarias convertidas en campos de combate irracional y gratuito; se salvó de ver la muerte diaria, azarosa, de niños asesinados por pura casualidad al asomarse a una ventana, de clientes de comedores acribillados con la hamburguesa en la boca, de asesinos en serie, de depredadores impunes, de corrupciones sacralizadas porque robar, engañar, matar para obtener el poder y la gloria también era parte, ¿cómo no?, del Sueño Americano. ¿Qué hubiera dicho Diana, qué hubiera sentido la cazadora solitaria viendo a los niños mutilados de Nicaragua por las armas de los Estados Unidos, a los negros pateados y descalabrados por la policía de Los Ángeles, a la parada de grandes mentirosos de la conspiración Irán-Contra jurando la verdad y auto proclamándose héroes de la libertad? ¿Qué diría, ella que perdió a su hijo, de un país donde se considera seriamente condenar a muerte a los niños criminales? Diría que los sesenta acabaron por blanquearse, desteñidos como Michael Jackson para castigar mejor a todo el que se atreva a tener color. Escribo en 1993 antes de que termine el siglo, las fosas ardientes, los ríos secos, las barriadas fangosas se llenaron del color del inmigrante mexicano, africano, sudaca, argelino, del musulmán y el judío, otra vez, otra vez…

Diana la cazadora solitaria. Esta narración lastrada por las pasiones del tiempo se derrota a sí misma porque jamás alcanza la perfección ideal de lo que se puede imaginar. Ni la desea, porque si la palabra y la realidad se identificasen, el mundo se acabaría, el universo ya no sería perfectible simplemente porque sería perfecto. La literatura es una herida por donde mana el indispensable divorcio entre las palabras y las cosas. Toda la sangre se nos puede ir por ese hoyo.

Solos al fin, como solos al principio, recordamos los momentos felices que salvamos de la latencia misteriosa del mundo, reclamamos la esclavitud de la felicidad y sólo escuchamos la voz de la reserva enmascarada, el pulso invisible que al fin se manifiesta para reclamar la verdad más terrible, la condena inapelable del tiempo en la tierra:

No supiste amar. Fuiste incapaz de amar.

Ahora cuento esta historia para darle la razón al horrible oráculo de la verdad. No supe amar. Fui incapaz de amar.

II

Conocí a Diana Soren una noche de Año Nuevo. Mi amigo el arquitecto Eduardo Terrazas organizó una reunión en su casa que, de paso, celebraba mi reconciliación con mi esposa, Luisa Guzmán. Eduardo y yo habíamos compartido una casita en Cuernavaca durante todo el año 69. Yo escribía de lunes a viernes, cuando él y su novia venían de México a pasar el fin de semana, dedicado a los amigos, las comidas y el alcohol. Pasaban muchas muchachas. Cumplí cuarenta años en el 68 y entré en una crisis de la Edad Media que me duró todo ese año y culminó en una fiesta que le di a mi amigo el novelista norteamericano William Styron en el Bar La Ópera de la Avenida Cinco de Mayo, un resabio oropelesco de la *belle époque* mexicana (si es que tal cosa jamás existió). La Ópera estaba muy venida a menos, gracias a demasiadas partidas de dominó y escupitajos fuera de la bacinica.

Invité a todos mis amigos a celebrar a Styron, que acababa de publicar, con gran éxito y escándalo, *Las confesiones de Nat Turner*. El escándalo se lo regalaron muchos grupos negros que le negaron al autor el derecho de hablar en primera persona por boca de un personaje de color, el esclavo rebelde Nat Turner, que en 1831 encabezó la insurrección de sesenta ilotas, incendiando y matando en nombre de la libertad hasta que, acorralado en un bosque donde sobrevivió solitario durante dos meses, también fue asesinado. Las leyes de la esclavitud, en consecuencia, se volvieron más severas. Pero al volverse más severas, provocaron mayores rebeliones. Styron cuenta la historia de una de las caídas —más de trece— del calvario norteamericano, que es el racismo.

Cuando Bill se siente muy acosado en su patria, me llama para venirse a México, y yo hago lo mismo cuando México me agobia y sé que puedo refugiarme en la isla de mi amigo junto al Atlántico Norte, Martha's Vineyard. Ahora, los dos vivíamos en una casita que tomé al separarme de Luisa Guzmán. Situada en el barrio empedrado de San Ángel, una ciudad aparte hasta hace poco, a donde las familias de la capital iban de vacaciones en el siglo XIX, y que ahora sobrevive disfrazada con un manto monacal en medio del ruido y el humo del Periférico y de la Avenida Revolución. Mi casa de neosoltero estaba construida con materiales de demolición. Su autor era otro arquitecto mexicano, el Caco Parra, especialista en reunir portones de haciendas expropiadas, estípites de iglesias nacionalizadas, viejas vigas del virreinato desaparecido, columnas sacrílegas y altares profanados: toda una historia de la liberación y entrega de los amparos privilegiados del pasado a los refugios civiles, transitorios, del presente. Con todos estos elementos, Parra construía casas extrañas y atractivas, tan misteriosas que sus moradores podían perderse en sus laberintos y nunca más ser vistos.

Martha's Vineyard, en cambio, es un lugar abierto a los cuatro vientos, calcinado por el sol tres meses al año y luego azotado por los helados bufidos de la gran ballena blanca que es el Atlántico Norte. Recuerdo a Styron refugiado en su isla e imagino que el capitán Ajab de Melville salió a matar no a la ballena, sino al océano, a Neptuno mismo, de la misma manera que los imperialistas belgas del *Corazón de tinieblas* de Conrad disparan, no contra un enemigo negro, sino contra todo un continente: África. En la isla de Styron, sin embargo, aun en los meses de calor máximo, la niebla avanza, todas las noches, desde el mar, como recordándole al verano que es sólo un velo transitorio, al cabo rasgado por la gran capa gris de un largo invierno. Avanza la niebla, desde el mar, sobre las playas, los acantilados de Gay Head, los atracaderos de Vineyard Haven, los céspedes y las casas, hasta llegar a los ombligos de la isla, las melancólicas lagunas internas donde el mar se reconoce y muere ahogado.

El mar, en invierno, aúlla alrededor de la isla, pero no tanto como mis invitados al Bar La Ópera, donde cometí la imprudencia de invitar, indiscriminadamente, a todas mis novias del momento, haciéndole creer a cada una que ella era la favorita. Me encantaba fomentar estas situaciones, en las que la pasión disimulada, el rencor en trance de aumentar la pasión y el celo a punto de derramarse como una herida que mancha nuestras blusas, nuestras camisas, como si sangrásemos por los pezones, todo ello, me permitía ver claramente las fragilidades del sexo y celebrar, en cambio, el vigor de la literatura. No sólo invité a mis amantes a la fiesta de La Ópera, sino a los nuevos escritores de La Onda, José Agustín, Parménides García Saldaña, Gustavo Sáinz, que eran quince años menores que yo y merecían coronas ya marchitas sobre cabezas más viejas, como la mía. Libérrimos, desenfadados, humoristas, enemigos a muerte de la solemnidad, escribían a ritmo de rock y eran las estrellas naturales de una fiesta que, además, quería decirle al gobierno autoritario y asesino del 2 de Octubre de 1968: Ustedes duran seis años. Nosotros duramos toda la vida. Su saturnalia es sangrienta y opresiva. La nuestra es sensual y liberadora.

Semejantes justificaciones no me absolvían de la frivolidad, más que de la crueldad, de mis juegos eróticos. Creía entonces, a pesar de todo, que la literatura, mi evangelio, lo excusaba todo. Otros, en nombre de ella, sucumbían a la droga, al alcohol, la política, incluso la riña como deporte literario. Yo, y no era el único, sucumbí al amor pero me reservaba un derecho de distancia, de manipulación, de crueldad. Asumía gustoso las vestiduras de Beltenebros, el Lucifer que habita la deslumbrante armadura moral del héroe de caballerías Amadís de Gaula. Apenas pierde su heroicidad y sucumbe a la pasión, Amadís se convierte en su hermano enemigo, el Bello Tenebroso: Don Juan. Y la tentación donjuanista es una tentación erótica aunque también literaria. Don Juan dura porque nada lo puede satisfacer (o como cantaría la mejor encarnación contemporánea de Don Juan injertado con Lucifer, *you can't get no satisfaction*). Es la insatisfacción del Burlador sevillano la que le abre las puertas de la metamorfosis perpetua. Siempre deseoso, siempre ávido, jamás termina, nunca muere: se transforma. Nace joven y con escasos amores (dos o tres en Tirso), se hace viejo en un instante, saciado pero insatisfecho, malo y cruel caballero (en Molière). El querube perverso y juvenil de Tirso se convierte en la máscara mortal de Louis Jouvet, una gárgola gálica racionalista que ya no cree en el plazo infinito de la vida adolescente ("tan largo me lo fiáis") sino que es, él mismo, el portador de la máscara de la agonía. Byron, para evitar la competencia, doma a Don Juan y lo sienta a tomar té con la familia en uno de esos inviernos ingleses que "terminan en julio y recomienzan en agosto".

Pero le da un giro argentino a esta metamorfosis doméstica. Don Juan descubre que no está enamorado del amor, sino de sí mismo. El amor de Don Juan por Don Juan es una trampa imperiosa —no menos que la del amor.

Ser todo esto, qué sueño, qué elíxir, el Don Juan de Gautier, Adán expulsado del paraíso pero que retiene la memoria de Eva, la memoria encarcelada que lo ata a la búsqueda perpetua de la amante y madre perdida; el Don Juan de Musset, hundido en un mundo de cantinas y burdeles, donde espera encontrar a "la mujer desconocida". Se engaña; sólo busca a Don Juan y aunque todas las mujeres se parecen a él, ninguna *era él*. Pero acaso el verdadero Don Juan, el más público por ser el más secreto, es el de Lenau, el que admite que quiere poseer simultáneamente a todas las mujeres. Éste es el triunfo final de Don Juan, su placer más seguro. Tenerlas a todas al mismo tiempo.

—Esta noche he de gozarlas. A todas.

Más que la ubicuidad, el placer de Don Juan, sin embargo, depende del disfraz y el movimiento. Es como el tiburón: tiene que moverse constantemente para no hundirse en el fondo del mar y morir. Se mueve, y se mueve enmascarado, el antifaz encubre su condición larvada, mutante, metamórfica. Se mueve y cambia tan rápidamente que sus propias imágenes no logran alcanzarlo. Ni Aquiles ni la tortuga, Don Juan es la parábola del hombre disfrazado cuyos disfraces corren siempre detrás de él. Está desnudo. Goza desnudo. Mas para moverse, debe vestirse, disfrazarse y sin embargo dejar atrás el último disfraz, conocido ya, adivinado ya, antes de asumir el siguiente. En su desamparo momentáneo, en su desnudez de Duchamp subiendo por los balcones y bajando por las escaleras, Don Juan es Don Juan sólo para dejar atrás su propia imagen. Corre, inalcanzable por cualquier imagen que quisiera fijarlo, experimentando la velocidad del placer en la velocidad del cambio, venciendo todas las fronteras. Don Juan es el fundador del Mercomún Europeo, tiene amantes en Alemania, en Turquía y en España, nos informa Mozart, son ya mil y tres. Maquiavelo del sexo, figura disfrazada para escapar la venganza de padres y maridos, pero, sobre todo, para escapar del tedio... Así quería, secreta, ridícula, dolorosamente, ser yo...

Mínimo Don Juan cuarentón de la noche mexicana, yo aspiraba como hombre a este poder de metamorfosis y movimiento, pero sobre todo lo deseaba como escritor. Amando o escribiendo, nada es más excitante o más bello que reconocer la resistencia mutua entre el poder que ejercemos sobre un semejante y el poder que el otro —hombre o mujer— ejerce sobre nosotros. Todo lo demás se esfuma en medio de la tormenta inasible de la mutua atracción, de la resistencia que, por afán de poder, o de mera supervivencia, o acaso de perversidad, le oponemos a la atracción ajena. El encanto de esta lucha, claro está, es sucumbir a ella. ¿Cómo? ¿Con quién? ¿Cuándo? ¿Por cuánto tiempo? Éste es el terreno común del sexo y la literatura. Pasa un ángel con alas de ceniza. Don Juan es ese ángel negro, Eros mancillado, Cupido en llamas, Puto de sí mismo, que deposita en la oreja, los párpados, los orificios nasales, las orejas, la boca, el culo, los culos, el occipucio si falta hiciese, del ser amado, las semillas de una sonrisa, de una voz, de una mirada. De un deseo. Pues Beltenebros, el melancólico, me habla calladamente al oído y me dice: "nada habrá más triste que el sabor de las mujeres que nunca tendrás, de los hombres que perdiste por miedo, por convención, por temor a dar el paso prohibido, por falta de imaginación, por incapacidad de transformarte, como Don Juan, en otro".

Quiero ser muy franco en este relato y no guardarme nada. Puedo herirme a mí mismo cuanto guste. No tengo, en cambio, derecho de herir a nadie que no sea yo, a menos, en todo caso, de que primero me entierre yo mismo el puñal que, amorosamente, acabo compartiendo con otra. Señalo, de arranque, los temores que me asaltan. Trato de justificar sexo con literatura y literatura con sexo. Pero el escritor —amante o autor— al cabo desaparece. Si grita, se desintegra. Si suspira, se funde. Hay que ser consciente de esto antes de afirmar, por encima de todas las cosas, que la vida nunca es generosa dos veces.

Aquella noche en La Ópera, en un escenario viscontia-no, es decir, *operístico*, sentí que yo mismo me enterraba el puñal con demasiada frecuencia, hiriéndome a mí mismo más que a las mujeres que pretendía manipular pero que, lo sabía demasiado, podían contestarme con la misma moneda. Escogí a una, me gané el odio de las demás y con Styron y Terrazas salimos al día siguiente a Guadalajara y a la costa del Pacífico, donde se inauguraba el Hotel Camino Real de Puerto Vallarta, obra del arquitecto mi amigo.

Allí mismo recibí la lección prevista. La muchacha con la que viajaba dejó una tarde, como quien no quiere la cosa, una carta sobre nuestra cama de hotel. Se la dirigía a otro novio suyo, haciendo una cita para el Año Nuevo que, desde luego, se negaba a pasar conmigo. "Los escritores sólo para un ratito, porque me alimentan el coco para querer mejor contigo, cariño. Los rucos, además, tienen sus placeres… como tomar champaña todo el día. Eso me causa agruras. Tenme listos mis refrescos, lico lico. Recuerda que yo sin mis cocacolas de plano no celebro…"

Me hice el desentendido, pero al regresar a México busqué a mi mujer, le pedí que pasáramos juntos el Año Nuevo y cerrásemos juntos una separación de casi un año. Ella sería, una vez más, mi victoria inapelable sobre los amores pasajeros.

III

Luisa Guzmán había sido —seguía siendo— una mujer de belleza excepcional. Morena, con un color pálido, crepuscular y encendido, su piel brillaba más, en vez de oscurecerse, a la luz de sus grandes ojos negros, rasgados, casi orientales, que descansaban sobre los continentes gemelos de sus pómulos altos, asiáticos, trémulos. Era una mirada de ensoñación, lánguida y a la caza de sí misma, pero transida por una tristeza resignada y culpable. También era actriz y quería más de lo que el medio mexicano podía darle. Fue lanzada a los quince años, como aspirante al panteón de las diosas del cine mexicano, como ella morenas, altas, con ojos de duermevela y pómulos de calavera inmortal.

No le tocaron ni los papeles, ni los argumentos, ni los directores necesarios para operar ese mínimo milagro llamado el estrellato. Buscó afanosamente lo mejor, en cine, en teatro; amaba tanto su profesión que, paradójicamente, la remató. Igual que Diana Soren, hizo sólo dos o tres buenas películas. Después, con tal de trabajar, aceptaba lo que fuera. El tiempo, el desgaste, le tomó la palabra, le negó los primeros papeles, le anticipó una madurez que no era aún la suya; ella buscó los roles de "característica", las oportunidades de lucimiento que nadie entendió por excéntricas.

Cuando nos conocimos, Luisa estaba casada y yo salía de un conato frustrado de matrimonio "decente". Una tras otra, las niñas bien a las que mi situación familiar me acercaba terminaban por abandonarme, obedeciendo a las heladas consignas de sus padres: yo no era rico, y aunque era gente decente, no pertenecía a una gran familia financiera o política y mi talento no sólo estaba por comprobarse; en el mejor de los casos, escribir es una profesión azarosa, sobre todo en América Latina: ¿quién vive de sus libros en nuestros países? De mi juventud amatoria sólo me queda el sabor de muchos labios jóvenes y frescos y la pregunta a lo largo de los años, ¿qué han dicho, cuándo perdieron su frescura, cuándo serán grietas en vez de labios? A ninguna quise más que a una novia muerta, convertida en ceniza en un accidente aéreo; no hubo en mi vida muchacha con labios más frescos. Pero su ceniza era también la de los labios de otra mujer con la que estuve a punto de casarme. Me rechazó porque yo no era suficientemente católico; era, decían sus padres, "ateo" y comunista. Se casó con un gringo de patas enormes, panza hinchada por demasiadas cervezas y una concesión de gasolineras Texaco en el Medio Oeste. Pero ellas, las novias, eran también parte de un signo desconocido, de ese horror que evoqué al principio de mi narración, consistente en adivinar la reserva poderosa de lo que aún no se manifiesta. No hay melancolía más grande que ésta: no conocer a todos los seres que pudimos amar, morir antes de conocerlos. Mis novias, besadas, tocadas, deseadas, sólo ocasionalmente poseídas, pertenecían, al cabo, a ese magma de lo desconocido o no dicho; regresaban todas ellas al vastísimo campo de mi posibilidad, de mi ignorancia.

Conocí a Luisa Guzmán antes del éxito de mi primera novela. Creo que me quiso por mí mismo, como yo la quise a ella, por su belleza y sencillez, aquélla evidente, ésta disfrazada por un tumulto de pieles, rumores, imágenes. Más que en sus películas, la había visto en los periódicos, subiendo y bajando por las escalerillas de los aviones, siempre abrazada a un gran panda de peluche. Era su marca registrada. Una imagen infantil, pero más cierta que publicitaria.

Luisa había tenido una infancia desgraciada, un padre ausente o más bien, exiliado por el orgullo aristocrático de la madre, escritora rebelde, "gente bien" de Puebla, que siempre antepuso su egoísmo sexual y literario a cualquier deber familiar. El padre, alto, indio, rudo, se encontró con la puerta cerrada del hogar de su mujer y su hija y desapareció para siempre en la alta bruma y el olor picante de nuestras sierras. Luisa, de niña, fue enviada a un hospicio y sólo emergió, adolescente, cuando su belleza y la profesión de su madre hicieron, en la cabecita de ésta, conjunción propicia.

Dañada, Luisa me llegó como un ave herida que voló desde el escenario de un teatro de la calle de Sullivan a mis brazos que la esperaban, la ansiaban para llenar una soledad a la vez creativa e imbécil. Los meses de disciplina y abandono en los que me alejaba para siempre del mundo social de mi familia y luchaba por terminar mi propio libro me dejaron con los brazos vacíos. Ella llegó a llenarlos con su pasión y ternura pero también con una tristeza en la mirada cautiva. Esa tristeza era una inquietud temprana para mi propia alegría. Terminé un libro; amo a una mujer.

Tardé en entender que la melancolía en los ojos de Luisa no era pasajera, sino consustancial. Venía, quién sabe, de esas sierras brumosas y enchiladas de su padre, de la mustia tristeza de las moradas poblanas y sus habitantes a menudo díscolos e hipócritas, como conviene a una región que es semillero de caciques y novicias, de hombres cruelmente ambiciosos y de mujeres cruelmente recoletas. Pero más que nada, en la belleza mestiza de mi mujer yo reconocía las sierras brumosas y enchiladas de su padre, donde se acumulan la paciencia y la bondad, junto con el rencor y la venganza.

IV

Ahora estábamos juntos en la celebración del Nuevo Año en casa de Eduardo Terrazas y Luisa lucía más guapa que nunca, morena, alta, descotada, con un traje negro que reflejaba los fulgores de su alto peinado, de sus cejas y pestañas, casi de su piel oscura que, sin embargo, brillaba como una luna indígena, esculpida, luchando por darle visibilidad a su propia, secreta, luz interior, que no tenía color; o quizá, que lo ofrecía a una paleta de emociones, situaciones y accidentes que conformaban, al mismo tiempo, la profunda firmeza y la tremenda inseguridad de esta mujer: entre las dos cualidades, se configuraba su fatalidad.

Se sentía permanente, y lo era. Todo me lo perdonaba; yo siempre había regresado. Ella era el remanso, la laguna quieta donde yo podía escribir. Conocía mi verdad. La literatura es mi verdadera amante, y todo lo demás, sexo, política, religión si la tuviera, muerte cuando la tenga, pasa por la experiencia literaria, que es el filtro de todas las demás experiencias de mi vida. Ella lo sabía. Preparaba y mantenía, como un fuego permanente, el hogar de mi escritura, esperándome siempre, pasara lo que pasara. Mis amigos lo sabían y los más generosos, si eran amigos de mis amantes, les advertían: "Nunca dejará a Luisa. Más vale que lo sepas. En cambio, en mí siempre tendrás un amigo."

Es decir, la regla más constitutiva de los donjuanes de todos los tiempos es lo que, en mexicano, se dice así: "A ver si es chicle y pega." Mi caso no era excepcional. Todos traían su chicle y trataban de pegarlo, con éxito a veces y a veces sin él. Había esposas que no toleraban esto; otras se hacían las disimuladas. Luisa y yo teníamos un pacto expreso. Aunque mi chicle pegara, yo regresaría. Yo regresaría siempre. Era mi peor chantaje. Siempre estuve expuesto a que ella me contestara con la misma moneda. Quizá lo hizo. Las mujeres —las mejores— saben guardar los secretos, no son las chismosas del estereotipo. Las mujeres más interesantes que he conocido no le comunican a nadie su vida sexual. Ni sus amigas más íntimas saben nada. Y nada intriga y excita más a un hombre que una mujer que guarde los secretos mejor que él mismo. Pero el donjuán, por definición, proclama sus triunfos, quiere hacerlos saber, quiere ser envidiado. Luisa era secreta. Yo, un despreciable merolico, un vagabundo del sexo que no merecía la lealtad, la firmeza, la fe renovada de una mujer como Luisa. Ésta era la fuerza de ella. Por eso me lo aguantaba todo. Por eso, una vez más, estaba con ella esta noche. Era más fuerte que yo.

En casa de Eduardo Terrazas estaban también muchos amigos la noche de San Silvestre del 31 de diciembre de 1969. José Luis Cuevas, el extraordinario artista cuyo abrazo doloroso trata de incluir a todas las visiones marginales, excluidas, del deseo, y Berta su esposa. Fernando Benítez, mi firme y viejo amigo, el gran promotor de la cultura en la prensa mexicana, el novelista, el explorador del México invisible, y Georgina su mujer. Cuevas a los 35 años era un gato montés, fingiendo maneras de urbanidad que apenas disimulaban su naturaleza salvaje, inquieta, a punto de saltar sobre una presa de sangre caliente como la suya para destriparla, devorarla y quedarse así con la sensualidad de poder imaginarla: ¿había en él un asesino sublimado por el arte? Siempre lo he creído, así como en Benítez, hombre sensual si los hay, sexista, adorador de las mujeres pero también misógino y eremita, había en el fondo un fraile franciscano, un Bartolomé de las Casas redentor de indios, uno de esos hermanos que llegaron a salvar almas y proteger cuerpos apenas concluida la conquista de México. Era posible imaginarlo conduciendo un BMW descubierto, a toda velocidad rumbo a Acapulco y un fin de semana orgiástico, pero era igualmente posible verlo ascender a lomo de burro por una sierra inhóspita donde lo esperan, no sólo las tribus perdidas, sino los bacilos que han venido destruyendo su estómago, su páncreas, sus intestinos...

Año Nuevo. Éste del paso de 1969 a 1970 era digno de celebración porque marcaba el final de una década y el inicio de otra nueva. Aunque la verdad es que nadie se ha puesto de acuerdo sobre lo que significa ese cero al final de un año. ¿Terminaron los sesenta, se iniciaron los setenta, o reclaman los sesenta un año más, una prolongación agónica de la fiesta y el crimen, la rebelión y la muerte, de esa década repleta de acontecimientos, tangibles e intangibles, tripas y ceños, adoquines y memorias, sangre y deseo: la década de Vietnam y Martin Luther King, de los Kennedy asesinados y el Mayo Parisino, de Chicago y Tlatelolco, de Marilyn muerta...? Una década que pareció programarse para la televisión, para rellenar los horarios desiertos de las pantallas, dejándolos sin aliento, banalizando el milagro, convirtiendo a la pequeña estampilla electrónica en el pan nuestro de cada día, lo esperado de lo inesperado, el facsímil de la realidad que iba a culminar, apenas iniciados los setentas, en la primera pisada del hombre sobre la luna. Sospecha inmediata: ¿El viaje a la luna fue filmado en un estudio de televisión? Desencanto instantáneo: ¿Puede la luna seguir siendo la Diana romántica después de que un gringo dejó depositada allí su mierda?

Llegaron más invitados. La China Mendoza, periodista y escritora, era dueña de un espectacular sentido de autoafirmación durante los sesentas. En esa década de modas desaforadas, ella usaba ropa que parecía inventada por ella, no copiada de una revista. Esta noche, la recuerdo luciendo unos anteojos plateados con forma de mariposa y una minifalda que en realidad era un pijama, babydoll color de rosa, lleno de holanes y que revelaban unos calzones que hacían juego.

Rosa, la bellísima viuda del artista Miguel Covarrubias, vino acompañada de un traficante de arte neoyorquino idéntico al actor Sydney Greenstreet, es decir, inmensamente gordo y viejo, calvo, con mechones blancos, cejas de azotador y labios de hígado. Rosa llevaba puesto uno de sus dorados vestidos de Fortuny, que se enrollan como una toalla y se despliegan como una bandera, proclamando: Mi patria es mi cuerpo. A punto de morir, Rosa Covarrubias desmentía su edad. Pertenecía también al panteón de las bellezas mexicanas, esas "calaveritas inmortales", como las llamó Diego Rivera al pintar a Dolores del Río. Claro que sí. Los huesos de la cara nunca se hacen viejos, son la paradoja de una muerte que por definición carece de edad, portada como insignia secreta de la belleza y su precio. Luisa Guzmán —la vi alejarse y ascender por la escalera— pertenecía a esa raza. Mientras más cerca estaba el hueso de la piel, más bello era el rostro. Pero más visible, también, la muerte. La belleza vivía de su proximidad agónica.

Con Rosa y Greenstreet venían tres *marchands de tableaux* ingleses que miraban con asombro y disgusto a los mexicanos abrazándose, palmeándose las espaldas y agarrándose los unos a los otros de las cinturas. El inglés siente repugnancia del tacto y brinca al mero roce de la piel ajena. Sus ideas del clima y la temperatura también son muy singulares y uno de ellos, muy parecido al primer ministro Harold Wilson, declamó las mismas palabras de Byron que yo acababa de recordar.

—El invierno inglés termina en julio y recomienza en agosto.

Dijo que hacía mucho calor y abrió una ventana.

Terrazas había decorado su casa con muchísimos globos que pendían, amarrados del techo, esperando la hora del paso de un año a otro. Los globos tenían el rostro, en esténcil, del logo de la Olimpíada de 1968, diseñado por el propio Eduardo Terrazas. A punto de sonar las doce de la noche, Berta Cuevas, para anunciar el Año Nuevo, acercó su cigarrillo encendido al racimo de globos que simulaba, en el arte de Terrazas, las tradicionales doce uvas del festejo. No sabía que estaban inflados con gas. La explosión detonó como un terremoto seco y nos arrojó a todos al piso, contra las paredes, barriendo lo que había en las mesas, volteando las sillas, ladeando cuadros. A Greenstreet le cayó un estofado del siglo XVII en la cabeza y todos los demás, Rosa, los Benítez, Cuevas y Berta, La China y yo, no veíamos a los demás, sólo teníamos conciencia de nosotros mismos, de nuestra posible muerte, de la sorpresa instantánea del accidente, de la cancelación de toda pregunta salvo una: ¿estoy vivo? En seguida vienen los reparos, el enojo, los dolores. En ese momento, sólo el azoro nos ocupaba. Todos teníamos las bocas abiertas; empezamos a reír cuando los tres ingleses, ya sin flema, se vieron al espejo para cerciorarse de sus existencias y encontraron que en sus caras tenían pegados trocitos de los globos con el logo de la Olimpiada México 68. Parecían tres exploradores súbitamente transformados, por sortilegios de un sacrificio tribal, en sacerdotes tatuados por los ritos que llegaron a exterminar. Uno de ellos —recuperé mis sentidos— nos había salvado la vida, empero, al abrir la ventana para que entrara una corriente de aire llegada, qué duda cabe, desde los Altos de Escocia.

Luisa se salvó y salvó su apariencia impecable. Había subido al tocador y ahora bajó, alarmada. En ese momento, la puerta de la calle se abrió y Eduardo Terrazas entró con Diana Soren, a quien había salido a recoger en otra fiesta.

—¿Estamos a tiempo? —preguntó el anfitrión viendo cómo nos levantábamos del piso, aturdidos.

V

¿Es posible librarse de una situación amorosa y entrar a otra sin dañar a nadie? Digo esto como simple ejemplo de las múltiples preguntas que uno se hace cuando, abruptamente, se da cuenta de que algo va a comenzar, pero sólo a expensas de lo que va a terminar. Era pequeña, rubia, con el pelo cortado como un muchacho, blanca, pálida, con ojos azules o quizá grises, muy risueños, en juego constante con la sonrisa, con los hoyuelos de las mejillas. Su vestido no era muy llamativo; un traje de noche greco-californiano, largo, que no le sentaba bien porque la hacía verse más baja de lo que era, un poco tachuela. Yo —¿quién no?— la recordaba en sus dos películas importantes. En ambas, Diana Soren hacía valer su físico de adolescente vestida como hombre. Primero fue Santa Juana y la armadura le permitía moverse con energía y ductilidad, cómoda en la guerra como jamás lo hubiera estado en una corte de miriñaques y pelucas blancas; armada para combatir como soldado, vestida de soldado. Lo pagaría caro, en la hoguera, acusada de brujería pero acaso, sin decirlo, de lesbianismo, de androginia. En cambio, en la única buena película que hizo después, en Francia, era una chica que sólo usaba playera y jeans, recorriendo los Campos Elíseos con su ejemplar del *Herald Tribune* ofrecido en alto... Suelta, libre, guerrera de Orleáns o vestal del Barrio Latino, adorablemente femenina porque para llegar a ella

31

había que recorrer los vericuetos de la androginia y el homoerotismo, en Diana Soren yo siempre había visto, en la pantalla, un subtítulo no escrito: Hay el amor que no se atreve a decir su nombre, pero también hay algo peor, y es el amor sin nombre. ¿Cómo llamar el posible amor con esta posibilidad pura que, al entrar a la fiesta de Año Nuevo 1970 después de un estallido de gas, se llamaba "Diana Soren"?

La miré. Me miró. Luisa nos miró mirándonos.

Mi esposa se acercó y me dijo a boca de jarro:

—Creo que debemos irnos.

—Pero si la fiesta aún no empieza —protesté.

—Para mí ya terminó.

—¿Por la explosión? No me pasó nada. Mira. Le mostré mis manos tranquilas.

—Me prometiste esta noche.

—No seas egoísta. Mira quién acaba de entrar. La admiramos mucho.

—No pluralices, por favor.

—Quisiera hablar con ella un rato.

—No regreses demasiado tarde —arqueó la ceja, reflejo casi inevitable, pavloviano, genético, en una actriz mexicana.

No regresé más. Sentado al lado de Diana Soren, hablando de cine, de la vida en París, descubriendo amigos mutuos, me sentí traidor y, como siempre, me dije que si no traicionaba a la literatura, no me traicionaba a mí mismo; lo demás me tenía sin cuidado. Pero al rozar con la punta de los dedos la mano de Diana Soren, tuve la sensación de que la traición, de haberla, tenía que ser doble. Diana, después de todo, era la esposa de un autor francés muy popular y premiado, Iván Gravet, que había escrito dos libros preciosos sobre su juventud como prófugo de la Europa Oriental primero, y más tarde como combatiente en la guerra. Sus novelas más recientes parecían escritas para el cine y fueron producidas en Hollywood, pero en todo lo que escribía algo inteligente había siempre un desencanto creciente. Lo imaginaba capaz de una broma final, desmesurada pero sin ilusiones. Era mi colega. ¿Era traicionable? Él mismo, si se parecía a mí, le daría más valor a sus libros que a sus mujeres... Empecé a desear a Diana.

Los encuentros de un hombre y una mujer ocurren a dos niveles. Uno externo, filmable, si ustedes quieren, es el nivel del gesto, la actitud, la mirada, el movimiento. Es más interesante el nivel interno en el que comienzan a surgir, y agolparse, sensaciones, preguntas, dudas, escarceos con uno mismo, imaginaciones, sobre todo la imaginación de ella; ella misma, ¿qué estará pensando, cómo será, qué se imaginará de mí? Frente al encanto de esa cabeza rubia recortada como un casco para el combate medieval o para la lucha callejera de los sesenta (que quedaron atrás esa noche, los sesenta súbitamente tan lejanos como la Guerra de Cien Años), yo me imaginaba una invitación sobrecogedora, carnal, la cabeza de Diana Soren diciéndome, imagina mi cuerpo, te lo ordeno, cada detalle de mi cabeza, de mi rostro, tiene su equivalencia en mi cuerpo, busca en mi cuerpo la sonrisa de mi boca visible, busca los hoyuelos de mis mejillas, busca la respiración de mi naricilla respingada, busca la pareja táctil y excitable de mi mirada, busca la compañía gemela de mi pelo rubio, suave, lavado, corto, peinado a veces, otras libre como el viento, pero cercano, cercanísimo a su modelo más íntimo, invisible, inseguro: mi carne.

Ése era un nivel de mi deseo naciente mientras platicábamos afablemente en el sofá de la casa de Eduardo Terrazas. No debía revelarlo, pues otro artículo de la constitución de los encuentros nos ordena nunca darle a una mujer las municiones que puede atesorar para dispararlas contra ti cuando necesite (y le hará falta un día) atacarte. Es algo consustancial a ellas: almacenar nuestros pecados y descargarlos sobre nosotros cuando les hace falta y cuando menos nos lo esperamos. ¿Defensa propia? No. Las mujeres son grandes en el arte de hacernos sentir culpables. Para disfrazar mi propio, inmediato, deseo, acudí, pues, a la idea antiafrodisíaca de la mujer como generadora de culpas, la mujer como verdadera Reserva Federal o Fort Knox de la Culpa, que las almacena para evitar la inflación y luego va soltando los lingotes del reproche poco a poco, destilados, hirientes, envenenados, al cabo victoriosos, porque nosotros los hombres, maravillosos paradigmas de generosidad, jamás haríamos eso... Pensé en la traición que, en mi caso, ya se había consumado aunque no ocurriese nada con Diana Soren —Luisa sola y de regreso en San Ángel— y la traición que ella podría perpetrar si yo me salía con la mía esa noche; más que nunca, decidí que debía ser una traición doble, compartida, que nos uniera y nos excitara...

Luisa e Iván, nuestros testigos ausentes, suspendidos como dos ángeles exterminadores sobre nuestros cuerpos, pero respetando nuestra traicionera integridad porque, al cabo, nos querían, nos recordaban con gusto y no perdían la esperanza de reunirse con nosotros. ¿Y nosotros con ellos, también?

Conversábamos de otros lugares, otros amigos dispersos por el mundo y sentíamos que nos empezaba a ligar, no sólo esa fraternidad cosmopolita, errante, sino el precio de la misma. Ser de todas partes, dijimos, es ser de ninguna parte... ¿Dónde se sentía ella a gusto? En París, en Mallorca, me dijo. ¿Los Ángeles? Se rió. Ese lugar no sólo parecía horrible en su aspecto físico, externo. Era horrible, por dentro, sin remedio.

—¿Cómo se dice en francés, en español? Hay una palabra inglesa perfecta para Hollywood, *smugness*.

—¿Pagado de sí, satisfecho de sí mismo?

—Sí —rió ella—. La presunción de ser, ¿sabes?, universal. El ombligo del mundo. Lo que ocurre allí es lo más importante del mundo. Todos los demás son unos *hicks*...

—Unos payos...

—Sólo Hollywood es internacional, cosmopolita. *Boy*, cuando les pruebas que no te detestan, te lo hacen pagar, te detestan.

—¿Cómo lo sabes? Todos están enmascarados por sus caras bronceadas.

—¡Como tú! —se rió abriendo unos ojotes de asombro burlón, mirando la tostada con que regresé de Puerto Vallarta. Me hizo recordar que regresé quemado, en más de un sentido.

Esa sonrisa me encantó. Podía repetirla, me dije a mí mismo, cuantas veces quisiera, durante siglos, sin cansarme nunca. La sonrisa y la risa cantarinas de Diana Soren, tan alegres, tan vivas esa noche de Año Nuevo en México. ¿Cómo no adorarla en el acto? Me mordí un labio.

Estaba adorando una imagen vista, perseguida, compadecida también, a lo largo de quince años... Mi vanidad me movía. Quería acostarme con una mujer deseada por miles de hombres. Quería montarla como la verde respiración de cien mil hombres verdes sobre mi nuca, deseando ser yo, estar en mi posición. Me paré en seco. ¿Cómo iba a compartir ella jamás ese orgullo y esa vanidad conmigo?

Estaba subestimando, a lo largo de esta noche, la capacidad femenina de conquista, el donjuanismo del sexo opuesto. No nos gusta admitir en una mujer la perseverancia, o la suerte, que admiramos en nosotros mismos. Nuestra vanidad (o nuestra ceguera) son muy grandes. O, quizá, revelan una secreta modestia que puede ser el atractivo mayor de un individuo, su secreta, irresistible debilidad apelando, inconscientemente, el abrazo de la madre amante, protectora, descubridora del enigma de nuestra vulnerabilidad tan cuidadosamente maquillada, oculta, negada...

Diana regresaba repetidamente al tema del hogar y del exilio. Me pregunto si conocía a James Baldwin, el escritor negro exiliado en Francia. No; era buen amigo de Bill Styron, pero yo no lo conocía, sólo lo había leído.

—Dice una cosa —los ojos de Diana miraron al candelabro colonial de donde colgaban los globos quemados del Nuevo Año como tristes planetas muertos—. Un negro y una blanca, por ser norteamericanos, saben más sobre sí mismos y sobre el otro que cualquier europeo sobre cualquier norteamericano, blanco o negro.

—¿Crees que se puede regresar a casa? —le pregunté.

Agitó repetidas veces la cabeza, levantando las piernas y juntándolas para apoyar la frente en las rodillas.

—No. No se puede.

—¿Nunca regresas a tu pueblo natal?

—Sí. Por eso sé que no se puede regresar.

—No te entiendo.

—Es una farsa. Tengo que fingir que los quiero. Levantó la cara. Miró mi mirada inquisitiva y dijo rápidamente, como para desembarazarse: —Mis padres. Mis amigos de la escuela. Mis novios. Los detesto.

—¿Porque se quedaron allí, en el hoyo?

—Sí. Pero también porque allí se salvaron. No tuvieron que representar papeles, como yo. Quizá los odio porque los envidio.

—Eres actriz. ¿Qué tiene de extraño...?

—Iowa, Iowa —rió con un punto de desesperación—: No sé si los americanos debíamos exiliarnos todos, como Baldwin y yo, o quedarnos todos en casa, como mis padres y mis novios. Quizá nuestro error, el error de los Estados Unidos, es salir al mundo. Nunca entendemos lo que pasa afuera de casa. Somos unos payos como tú dices, unos *hicks*. ¡Hollywood! Imagínate, si no sabes hasta el último chisme, quién se acuesta con quién, qué salario le pagan a cada cual, creen que eres un tarado, un analfabeta. Todos sus chistes son sobre asuntos provincianos, locales. Chistes de familia, ¿sabes? No entienden a alguien como yo, que nunca les da el gusto de contar chismes o de enterarlos de mis amores.

—Baldwin también dice que Europa tiene lo que a ustedes les falta, un sentido de la tragedia, del límite. En cambio, ustedes tienen lo que le falta a los europeos, un sentido de las posibilidades ilimitadas de la vida... Una energía que...

—Me gusta. Eso me gusta. Me gusta.

La mano ardiente de Diana en la mía cuando la fiesta terminó y sólo quedamos ella, Terrazas y yo. Diana nos invitó a tomar la del estribo en la suite de su hotel y Eduardo dijo que nos dejaría allí mientras él iba a recoger a una amiga al Anderson's en el Paseo de la Reforma y luego se reuniría con nosotros en el Hilton, que no estaba lejos.

Nunca llegó. Diana y yo nos divertimos escribiendo telegramas conjuntos a todos nuestros amigos parisinos. Seguimos hablando de Hollywood, ella, de México, yo, bebiendo champaña y empezando a jugar el uno con el otro, mientras yo me juraba que nunca la amaría, que el campo del amor era demasiado vasto para sacrificarlo al amor, que esa misma noche pude haberla sustituido con otras, muchas, que amarla era sin embargo una tentación excitante y que yo nunca quería preguntarme, más tarde, si me podía privar de ella... Esta noche, sí, pude dejarla, pretextar lo que fuera y salir de esa suite que parecía un *set* de la MGM en un hotel destinado a desplomarse en el próximo gran temblor de la ciudad de México.

Mientras ella se desvestía, yo miraba desde la ventana de la recámara la estatua del rey azteca, Cuauhtémoc, vigilando, con la lanza en alto, los placeres de su ciudad perdida.

VI

Durante el largo, maravilloso primero de enero de 1970 en la suite del Hilton ya no nos vestimos, usamos toallas cuando los meseros subían el servicio de cuartos, descubrimos mil detalles que nos unieron, los dos habíamos nacido en noviembre, los escorpiones se adivinan, no le gustaba que la llamara *gamine* como empecé a hacerlo, dejé de hacerlo, en cambio a los dos nos gustaba la palabra francesa *désolé*, desolado, lo siento mucho, empezamos a repetirla a toda hora, *désolé* de esto, *désolé* de lo otro, sobre todo al pedirnos el uno al otro un poco de amor físico, nos declarábamos *désolé*, lo siento mucho pero, pero quisiera besarte, lo siento más, pero puedes acercarte... Desolados.

Acercarme. Cada vez que lo hacía, todo lo demás iba quedando atrás, se esfumaba como la noche misma al clarear el primer día del año sobre el cruce de Reforma e Insurgentes. Mi bella y siniestra ciudad, centro de todas las hermosuras y todos los horrores concebibles, México D.F. Los encuentros en mi ciudad eran ocasionados demasiadas veces por la soledad o por la necesidad de chorcha, de grupo, de pertenencia. La vida sexual en la ciudad de México, a partir de cierto nivel de ingresos (todo aquí lo determinan las brutales diferencias de clases) es una resbaladilla, un tobogán de placeres inciertos, parciales, inmediatos, jamás propuestos que sólo terminan con la muerte.

Entonces, al morir, nos damos cuenta de que siempre estuvimos muertos.

Diana no. Así como enfurecía a las comadres de Beverly Hills porque nadie sabía nunca con quién se acostaba en una ciudad donde todas lo proclamaban, hacerlo, ahora, me constaba a mí, era un acto pleno, querido, no accidental, y sin embargo, no sé por qué lo sentí así, peligroso. Me dije, al caer la tarde y recordando el placer de hacer el amor con Diana, que no nos hacíamos ilusiones, ni ella ni yo. Nuestra relación era pasajera. Ella estaba aquí para filmar una película, yo era el favorecido de una fiesta de Año Nuevo. Pasajera, pero no gratuita, no un *pis aller*, un *a falta de otra cosa*, o como expresivamente se dice en México, un *peoresnada*. Peoresnada, ninguno, don nadie, pelagatos. Los mexicanos y los españoles nos deleitamos en negar o rebajar la existencia del otro. Los gringos, los anglosajones en general, son mejores que nosotros al menos en eso. Se preocupan más por el de al lado, se conciernen más que otros. Por eso, quizás, son mejores filántropos. Nuestra crueldad hidalga, vestidos de negro y con la mano sobre el pecho, es más estética, pero más estéril.

Me intrigaba conocer en Diana, precisamente, la calidad interna de la crueldad, de la destrucción, en una mujer, lo sabíamos todos, tan solidaria, tan entregada a causas liberales, nobles, compasivas. Su nombre aparecía en todos los manifiestos contra el racismo, por los derechos civiles, contra la OAS y los generales fascistas de Argelia, por la protección de los animales... Hasta tenía una sudadera con la efigie del icono supremo de los sesenta, el Che Guevara, convertido, con su muerte brutal en 1967, en Chic Guevara, el salvador de todas las buenas conciencias del llamado Radical Chic europeo y norteamericano, esa capacidad occidental de encontrar paraísos revolucionarios en el tercer mundo y, en sus aguas lustrales, lavarse de sus pecados de egoísmo pequeñoburgués... Qué duda cabía.

Ernesto Guevara, muerto, tendido como el Cristo de Mantegna, era el cadáver más bello de la época que nos tocó. Che Guevara era el Santo Tomás Moro del Segundo (o Enésimo) Descubrimiento Europeo del Nuevo Mundo. Desde el siglo XVI, somos la Utopía donde Europa puede lavarse de sus pecados de sangre, avaricia y muerte. Hollywood era la Sodoma norteamericana que enarbola banderas revolucionarias para disfrazar sus vicios, su hipocresía, su hambre de lucro puro y simple. ¿Era distinta Diana, o era una más de esa legión de utopistas californianos, pasada, además, gracias a su marido, por el alambique del sentimentalismo revolucionario francés?

Nunca dejé de pensar estas cosas. Pero el encanto, la seducción, la infinita capacidad sexual de Diana me embriagaban, me intrigaban, abolían mi capacidad de juicio. Después de todo, me dije, ¿qué puedo criticarle a ella que no pueda, antes, criticarme a mí mismo? Hipócrita actriz, mi semejante, mi hermana. Diana Soren.

Yo tenía en la boca un sabor de durazno. Reconozco que antes de esa noche desconocía el uso de untos vaginales con sabor a frutas. Iría descubriendo, en las noches siguientes, sabores de fresa, de piña, de naranja, recordando los helados que de niño me gustaba lamer en una maravillosa nevería de la ciudad llamada La Salamanca, donde las frutas mexicanas, tan singulares, se convertían en nieves sutiles, vaporosas, derretidas en su plenitud misma al tocar nuestras lenguas y paladares, entregando su plenitud en el instante de evaporarse. Imaginaba a Diana con los sabores de mi infancia en su vagina: mamey, guayaba, zapote, guanábana, mango… Ella hacía un uso maravilloso, y para mí, desde ahora, imaginable, de un producto comercial excéntrico, la crema vaginal con sabor a fruta… En cambio, nada podía mi imaginación contra la ropa interior que ella guardaba en los cajones del hotel. No intentaré describirla. Era indescriptible. Era una incitación, un regalo, una locura. La calidad de los encajes y las sedas, la manera de entretejerse, abrirse y cerrarse, rebelar y ocultar, imitar y transformar, aparecerse y desaparecerse, contrastaba maravillosamente con esa simplicidad guerrera, andrógina, que ya noté: Diana la santa combatiente, Diana la *gamine* parisina. Me censuré a mí mismo.

Ella odiaba esa palabra. *Désolé.*

Lo que provocaba un vistazo sobre esos cajones (porque algo me impedía tocar sus contenidos, deleitarme en sus texturas) era ver y tocar y deleitarse en la carne que se podía ocultar detrás de semejantes delirios. Qué maravilla: una muchacha vestida de playera y pantalones de mezclilla azul; y debajo de este atuendo popular, las intimidades de una diosa. ¿Cuál?

Ella misma me dio la clave la segunda noche de nuestro amor. La primera, me había guiado secretamente hacia su ropa interior sentándose en mis rodillas y cambiando de voz, diciéndome al oído con vocecita infantil, levántame mi faldita, ¿verdad que me vas a levantar mi faldita?, ¿no me vas a tocar mis calzoncitos?, tócame por favor mis calzoncitos, amor, te lo ruego por lo que más quieras, levántame la faldita y quítame los calzoncitos, no tengas miedo, tengo diez años pero no se lo voy a decir a nadie, dime qué tocas, amor, dime qué sientes cuando me levantas la faldita y me tocas el gatito y luego me quitas los calzoncitos.

La segunda noche, desnuda, tirada sobre la cama, evocó otros espacios, otras luces. Estaba en el auditorio de su escuela en Iowa, el *High School.* Era de noche. Afuera, había nevado. Todo el día, estuvieron ensayando los villancicos y las pastorelas para la fiesta de Navidad. Ella y él se quedaron solos para ensayar un poco más. La noche de diciembre se adelantaba, cae de pronto, azul y blanca. Había un tragaluz en el auditorio. Recostados los dos mirando hacia arriba, veían pasar las nubes. Luego ya no hubo nubes. Sólo hubo luna. La luna los iluminó. Ella tenía catorce años. Fue la primera vez que hizo el amor completamente, virginalmente, con un hombre…

Entonces supe qué diosa era o más bien, cuáles diosas, porque eran varias. Era Artemisa, hermana de Apolo, virgen cazadora cuyas flechas adelantaban la muerte de los impíos; diosa de la luna. Era Cibeles, patrona de los orgiastas que en su honor se castraban a la luz de la luna, rodeando a la diosa flanqueada por leones, que así dominaba a la naturaleza. Portaba una corona de torres. Era Astarté, la diosa nocturna de Siria que con la luna a sus órdenes movía las fuerzas del nacimiento, la fertilidad, la decadencia y la muerte. Era, finalmente, sobre todo, Diana, su propio nombre, una diosa que por único espejo admite un lago donde se reflejen, idénticos, ella y su orbe tutelar, la luna. Diana y su pantalla. Diana y su cámara. Diana y su sacrificio, su celebridad, sus flechas subiendo y bajando en el mediador inapelable de la taquilla.

Era Diana Soren, una actriz norteamericana que vino a México a hacer en unas montañas espectaculares cerca de la ciudad de Santiago una película de vaqueros que empezaba a filmarse mañana mismo, día 2 de enero, en el foro 6 de los Estudios Churubusco de la ciudad de México.

En el estudio, dejaba de pertenecerme. Se adueñaban de ella las peinadoras, las maquillistas, las vestidoras. Sus verdaderos afeites, sin embargo, Diana sólo se los confiaba a Azucena, su secretaria, dama de compañía, cocinera y masajista catalana. Esa primera mañana en el *set*, marginado, me divertí mucho explorando los untes empleados por Azucena para embellecer a Diana. Mi boca sabía siempre a durazno. A mi Juana de Arco le untaban fórmulas que hubiesen conducido directamente a la hoguera a las brujas medievales que se atreviesen a proporcionárselas, secretamente, a las mujeres urgidas, insatisfechas, de todas las aldeas de Brabante, Sajonia y Picardía. Una gelatina concentrada, anticapitosa y multiadelgazante, aplicable cotidianamente sobre el vientre, las caderas y las nalgas hasta penetrar por completo sus biomicroesferas; un transdifusor adelgazante basado en sistemas osmoactivos de difusión continua; una crema restructurante y liporreductora para combatir las grasas de la piel; una *mousse* exfoliadora, translúcida, rosada, para eliminar las células muertas; un ungüento de aguacate y caléndula para suavizar los pies; una mascarilla de tuétano de buey...

¡Dios mío! ¿Servían para algo todos esos menjurjes? ¿Sobrevivían a una noche de amor, una parranda, un regaderazo, un discurso político en el PRI? ¿Sólo aplazaban lo que todos veíamos, un mundo de mujeres gordas, arrugadas, con celulitis? ¿Enmascaraban los ungüentos a la muerte misma? Y sólo entonces, preparada ella por todas estas brujerías, rodeados ambos del bullicio de un *set* cinematográfico, aislados en la intimidad del camerino sobre ruedas, nos entregábamos gozosos al amor exigente, inagotable, de Diana, cubierta de bálsamos pero pidiendo ser usada, úsame, me decía, gástame, quiero ser usada por ti; ¿tendría yo el sentido refinado de los límites, para no pasar del uso al abuso? Ella me impedía saberlo. No había conocido a mujer más exigente pero más entregada también, embarrada de untos etéreos perfumados, sabrosos, sin los cuales, Diana, yo ya no sabría vivir.

El amor es no hacer otra cosa. El amor es olvidarse de esposos, padres, hijos, amigos, enemigos. El amor es eliminar todo cálculo, toda preocupación, toda balanza de pros y contras.

Empezaba con la escena de las rodillas y el calzoncito.

Culminaba con la memoria del auditorio, la tierra nevada y la luna pasando por el tragaluz.

Cogía sin cesar.

—Un día —se reía con excelente humor— estaré en estado de subjetividad total. Es decir, muerta. Ámame ahora.

—O mientras tanto...

Me invitó a seguirla a la locación, en Santiago.

Dos meses. El estudio le tenía alquilada una casa. No la había visto, pero si yo iba con ella, seríamos felices.

Nos separamos. Ella se adelantó. Yo decidí seguirla, preguntándome si bastarían la literatura, el sexo y muchos entusiasmos. A Luisa le dejé una nota pidiendo perdón.

VII

—Eres un loco bien hecho —se rió ella cuando llegué a la casa de Santiago y Diana me tomó de las manos, dándome la cara, y corrió hacia atrás, sin tropezar, libre y descalza, hacia su recámara—. Azucena, trae las maletas del señor, le dijo a la dama de compañía, y a mí, ya ves, conozco la casa al revés y al derecho, la puedo recorrer a ciegas, no es difícil, no es grande, pero es fea...

Se rió y le di la razón. En el taxi que me condujo desde el aeropuerto pesqué por el rabo del ojo la vista de la catedral en el centro de la ciudad, dos altas torres elegantes y aireadas, con balcones en cada uno de los tres descansos del ascenso, y me pregunté una vez más por qué los españoles construyeron para la eternidad y nosotros, los mexicanos modernos, para el sexenio... Santiago nunca fue una gran ciudad, sino un mero puesto fronterizo para gambusinos audaces que, en busca de oro y plata, encontraron sobre todo fierro y para llevárselo tuvieron que combatir unos cuantos indios, escasos y más interesados en practicar su arquería que en matar criollos. Busqué en vano otra etapa de nuestra arquitectura urbana que me parece elegante, el neoclásico, incluso el parisino porfirista, pero de eso no había nada... El cemento chato, el vidrio resquebrajado, la instantaneidad desintegrándose instantáneamente, una modernidad muerta al nacer, una arquitectura nescafé se iba extendiendo desde el centro hasta la casa que le dieron a Diana, una cueva modernista de un piso, indescriptible, entrada por el garaje, patio interior con muebles de fierro, una estancia ancha con muebles indescriptibles también, cubiertos de sarapes, las recámaras, no sé qué más, lo he olvidado todo, era una casa sin permanencia, no merecía el recuerdo de nadie.

El entusiasmo de Diana la habitaba. Ése era su lujo, su distinción. Me maravilló su buen ánimo. Aquí estábamos, en un pueblo, literalmente, dejado de la mano de Dios, como si Dios quisiera vengarse de los hombres que tanto lo habían desengañado, mandándolos a vivir a esta planicie seca, pedregosa, hirviente de día, helada de noche, una corona dura e inservible de roca volcánica rodeada de barrancos, cortada del mundo a cuchilladas, como si Dios mismo no quisiera que nadie viniera aquí, sino por sus culpas, condenado.

—Todos dicen que esto es lo más aburrido del mundo —dijo Diana mientras se encargaba de ordenar mi ropa en el clóset—. Quién sabe cuántos *westerns* se han hecho aquí. Parece que el paisaje es espectacular y los salarios locales bajos. Combinación irresistible para Hollywood.

Era cierto. Ese mismo fin de semana, descubrimos que aquí no había restoranes, aunque sí muchas farmacias; no llegaban periódicos extranjeros, salvo las imprescindibles revistas *Time* y *Newsweek* y eso con una semana de retraso, cuando las noticias ya eran fiambre; cabarets, ni siquiera intentos divertidos de inventar trópicos imposibles en la montaña mexicana, sólo barras malolientes a cerveza y pulque, de donde estaban legalmente excluidos los soldados, los curas, los menores y las mujeres; y un solo cine, especializado en comedias de Clavillazo y colecciones de pulgas. La televisión aún no extendía sus alas parabólicas hacia el universo y nadie en este equipo dedicaría un solo minuto a una telenovela mexicana en blanco y negro. Los gringos podían extasiarse, con nostalgia, mirando anuncios de productos yanquis. Nada más.

La peluquera de Diana se ofreció a cortarme el pelo para evitar el corte de recluta que parecía ser la moda entre los hombres de Santiago, determinado por el método ultramoderno de ponerle a los señores una jícara en la cabeza, cortando sin compasión todo lo que se asomara debajo de ese casquete. Todas las nucas masculinas lucían ese corte abrupto, parecido a las barrancas del lugar. Betty la peluquera decidió, como digo, evitarme ese horror.

—Qué bueno que viniste —me dijo mientras me mojaba el pelo—. Salvaste a Diana del *stuntman*.

La miré con interrogación. Sacó sus tijeras y me pidió que ya no moviera la cabeza.

—No sé si lo habrás visto. Es un tipo muy profesional, muy bueno para su trabajo, lo usan mucho en películas del Oeste, por su manera de montar y sobre todo de caerse del caballo. Le trae ganas a Diana desde la anterior película que hicimos en Oregon. Pero allí la competencia era muy dura.

Betty se rió tanto que casi me deja como Van Gogh.

—Cuidado.

—Dijo que en México sí la iba a conquistar. Y entonces te apareces tú.

Suspiró.

—Estas locaciones son aburridísimas. ¿Qué quieres que haga una chica sin un novio? Nos volveríamos locas. Nos conformamos con lo que sea.

—Gracias.

—No, de ti le dijeron que eras tierno, apasionado y culto. En realidad te luce.

—Ya te dije gracias una vez, Betty.

—Si vas a la locación, lo verás. Es un tipo bajito pero correoso, muy curtido, como una silla de montar, rubio, con ojos desconfiados…

—¿Por qué no te lo quedas tú?

Betty rió con ganas, pero las ganas eran más fuertes que la risa…

El comentario de la peinadora sobre la anterior locación en Oregon me puso a imaginar cosas. Quise convencerme, perversamente, de que la única manera de amar a una mujer es saber cómo la amaron, qué dicen de ella y cómo son todos los hombres que la quisieron antes que uno. No le comenté esto a Diana, era demasiado pronto. Me lo reservé para una ocasión que adiviné inevitable. En cambio, sí podía decirle que si ella hacía el amor hoy, sólo lo hacía conmigo, pero si ella muriese hoy, moriría para todos ellos, todos ellos pensarían en su amor con ella con tanto derecho como yo.

Se lo dije una noche fría, cuando las sábanas recién lavadas aún estaban húmedas y nos impedían dormir, molestos, conscientes de la incomodidad que nos rodeaba en este paraje, pero dispuestos a vencer, empezando por las sábanas frías: íbamos a calentarlas. Nuestro amor iba a ser invencible.

—Sólo estoy solo contigo mientras estés viva, Diana. No puedo estar solo contigo si te mueres. Nos acompañarían todos los fantasmas de tus amores. Con derecho, con razón, ¿no crees?

—Ay, mi amor, lo único que me espanta es pensar que tú o yo nos vamos a morir uno antes que el otro, uno se va a quedar solo, eso es lo que me llena de dolor...

—Júrame que si eso pasa nos vamos a imaginar muy fuerte, Diana, muy fuerte tú a mí o yo a ti...

—Muy fuerte, te lo juro...

—Muy fuerte, muy fuerte...

Luego decía que el único lecho de la muerte es cuando dormimos solos. Yo le había dicho que la muerte es el gran adulterio, porque ya no podemos evitar que los demás posean al ser amado. En cambio, en la vida, yo quería evitar, por experiencia, el menor brillo de posesión en mi mirada. A pesar de nuestras apasionadas palabras, no quería perder de vista lo pasajero de nuestra relación, temía enamorarme, darle mi corazón de veras a Diana. A pesar de mi voluntad, veía venir esa posibilidad. Disipé mi temor la primera noche de nuestra vida común en este alto desierto mexicano, resumiendo mi fantasía perversa en una idea casi científica.

—Todos formamos triángulos —le dije—. Una pareja es sólo un triángulo incompleto, un ángulo solitario, una figura trunca.

—Norman Mailer escribió que la pareja moderna es un hombre, una mujer y un psiquiatra.

—Y en la Rusia de Stalin se definía a la literatura realista socialista como el eterno triángulo entre dos estajanovistas y un tractor. No bromees, Diana. Dime qué te parece mi idea. Todos formamos triángulos sólo nos falta descubrir cuál. ¿Cuál?

—Bueno, tú y yo y tu mujer ya somos uno. Mi marido, tú y yo somos otro.

—Muy obvios. Debe haber algo más excitante, más secreto...

Me miró como si se frenara, como si le encantara mi idea pero al mismo tiempo la rechazara por el momento... Sí sentí (o quise imaginar) que no la había descartado del todo, que había algo estimulante en la idea de tener, cada uno, su amante por separado pero que había algo superiormente excitante en compartir el lecho mismo con una tercera persona, hombre o mujer, no importaba. O se alternaban, mujer para ella y para mí una noche, hombre para los dos, otra...

Estábamos en nuestra etapa romántica. Regresamos rápidamente a la plenitud de la pareja que éramos sin necesidad de complementar. Y regresamos, más lejos, pero hacia atrás, a un sentimiento adorable que ella expresó.

—Me angustia la idea de las parejas que se pierden.

—No entiendo.

—Sí, las parejas que pudieron ser pero no fueron, *les copules qui se ratent*, ¿sabes?, que se cruzan como barcos en la noche. Eso me angustia mucho. ¿Te das cuenta cómo ocurre eso con qué frecuencia?

—Todo el tiempo —le dije acariciándole la cabeza reclinada sobre mi pecho—. Es lo más normal.

—Qué felices somos, mi amor, qué afortunados...

—*Désolé*, pero somos demasiado normales.

—*Désolé*.

VIII

Descubrimos que la farmacia de la plaza mayor, igual que en las novelas provincianas de Flaubert, era el centro de la vida social de Santiago y nos divertíamos viendo qué cosas vendían aquí que no se encontraban en otras partes, o qué cosas acostumbradas en Europa o los Estados Unidos no se hallaban aquí. La perfumería era atroz, puro producto local con aire de cabaret barato. Daban ganas de irse a la iglesia a oler incienso y purificarse. ¿Pasta de dientes McLean, la preferida de Diana? Ni soñarlo. ¿Bermuda Royal Lyme, mi loción preferida? Condenados a Forhans y Myrurgia. Nos reímos tácitamente unidos en la ciudadanía del consumo internacional. ¡México, país de altas tarifas y de empresas protegidas de la competencia exterior!

En la puerta de la farmacia se daban cita los jóvenes universitarios de Santiago y uno de ellos se acercó a mí una mañana que fui solo a comprar navajas para rasurar y supositorios de glicerina para mi constipación crónica y me dijo que había leído algunos libros míos, me reconoció y quería contarme que en Santiago el gobernador y las autoridades en general no habían sido electos democráticamente, sino impuestos desde la capital por el PRI, no eran gente que comprendiera los problemas locales, mucho menos los de los estudiantes.

—Creen que todos somos peones y que seguimos en épocas de Don Porfirio —dijo—. No se han dado cuenta del cambio.

—¿A pesar del 68? —le comenté.

—Eso es lo grave. Siguen como si nada. Nuestros padres son campesinos a veces, obreros, comerciantes, y gracias a su trabajo nosotros vamos a la universidad y aprendemos cosas. Les contamos a nuestros padres que tenemos más derechos de los que ellos creen. Un campesino puede organizar una cooperativa y mandar a moler a su madre al dueño del nixtamal...

—Que bastante muele de todos modos —dije sin suscitar la menor sonrisa del estudiante.

Continuó y ya nunca esperé humor de su parte.

—...o a los dueños de los camiones, que son los peores explotadores. Ellos deciden si llevan la cosecha al mercado y cuándo y por cuánto; no hay manera de repelar. Las cosechas se pudren. Un obrero tiene derecho a asociarse, no tiene por qué estar sometido a los líderes charros de la CTM.

—Ustedes les dicen a las gentes que trabajan aquí.

Dijo que sí. —Alguien tiene que informarlos. Alguien tiene que crearles conciencia. Ojalá que usted, ahora que está aquí...

—Estoy escribiendo un libro. Además, no puedo comprometer a mis amigos norteamericanos. Ellos están trabajando y no pueden meterse en política. Les costaría caro. Soy su huésped. Debo respetarlos.

—Está bien. Otra vez será.

Le di la mano y le pedí que no se molestara, podíamos juntarnos a tomar un café, un día de éstos. Sonrió. Tenía una dentadura atroz. Era, sin embargo, alto, garboso, con una mirada lánguida y un bigote zapatista pero caído, ralo, como su barba, inconclusa, esparcida, casi púbica.

—Mi nombre es Carlos Ortiz.

—Vaya, somos tocayos.

Eso sí le dio gusto. Me agradeció que se lo dijera, hasta sonrió.

De noche, Diana y yo seguíamos construyendo nuestra pasión. No me atrevía a preguntarle nada sobre sus amores pasados, ni ella me preguntaba sobre los míos. Había aventurado dos ideas: la compañía de la muerte, la tendencia natural al triángulo. En realidad, lo que ambos queríamos en esta etapa de nuestra relación era sabernos únicos, sin precedentes, e irrepetibles. Las primeras noches se sucedían en palabras y actos, actos y palabras, a veces unas antes de otras, a veces al revés, rara vez al mismo tiempo, porque las palabras del coito son irrepetibles, grotescas a menudo, infantiles, sucias muchas veces, sin interés ni excitación más que para los amantes.

En cambio, las palabras antes o después del acto tendían siempre, en estos primeros días en Santiago, a proclamar la alegría y singularidad de lo que nos ocurría. Con Diana Soren en mis brazos, llegué a sentir que no había escrito nada con anterioridad. El amor era empezar de nuevo. Ella alimentaba y fortalecía esta idea, pues llegó a decirme que nos estábamos conociendo en la creación, antes del pasado, antes de Iowa y la faldita y la luna, llegó a decir. Lo trasmutaba todo, al cabo (y yo se lo agradecía), en una fantástica visión de la alegría como simultaneidad. A veces gritaba en el orgasmo, ¿por qué no pasa todo al mismo tiempo? No era una pregunta; era un deseo. Un ferviente deseo al cual yo me uní. Soldado a su carne y a sus palabras. Sí, por favor, que todo ocurra al mismo tiempo…

Éramos únicos. Todo empezaba con nosotros. Entonces se entrometía la literatura. Recordaba a Proust: "Conocer de nuevo a Gilbert como en el tiempo de la creación, como si aún no existiera el pasado". Y de allí sólo había un paso al bolero que a veces entraba por la ventana con la voz de Lucho Gatica, desde los cuartos de los criados, "No me preguntes más,/ déjame imaginar/ que no existe el pasado/ y que nacimos/ el mismo instante/ en que nos conocimos…"

No había leído aún, es cierto, la frase de una novela de su marido, Iván Gravet, en la que dice, más o menos, que una pareja existe mientras es capaz de inventarse o porque es preferible la mierda a la soledad. El problema de la pareja es dejar de inventarse.

Prefería pensar que estaba capturado dentro del cuerpo de esta mujer, como un feto que se va gestando y que teme, al ser arrojado al mundo, perder a la madre nutriente, Diana, Artemisa, Cibeles, Astarté, Diosa original...

—Me encanta tu frente nublada —me decía Diana cuando yo pensaba estas cosas.

—Tú, en cambio, siempre tienes la frente clara...

—Ah —exclamó ella—, es que si me ves sufrir un día, lo tendrás que pagar.

IX

Apenas llegué a la casa tomada para Diana, reclamé, como los exploradores españoles del siglo XVI, un espacio para mí y allí instalé mi máquina portátil, mi papel y mis libros. Diana me miró con una sorpresa sonriente.

—¿No vienes al *set* conmigo?

—Ya ves que no. Acostumbro a escribir de ocho a una.

—Quiero lucirte en el *set*, quiero que me vean contigo.

—Lo siento. Nos veremos todas las tardes, cuando termine la filmación.

—Mis hombres siempre me acompañan al *set* —acentuó la sonrisa.

—Yo no puedo, Diana. Nuestra relación se vendría abajo en veinticuatro horas. Te amo de noche. Déjame escribir de día. Si no, no nos vamos a entender, palabra.

La verdad es que yo estaba en medio de una crisis de creación que yo mismo aún no medía. Mis primeras novelas tuvieron éxito porque un público lector nuevo en México se reconoció (o, todavía mejor, se desconoció) en ellas, dijo así somos o así no somos, pero en todo caso le dio una respuesta interesada, y a veces hasta apasionada, a tres o cuatro libros míos que eran vistos como puente entre un país convulso, mustio, rural, encerrado y una nueva sociedad urbana, abierta y acaso demasiado abúlica, demasiado cómoda e inconsciente. Un espectro de la realidad mexicana se desvanecía, sólo para que otro tomase su lugar. ¿Cuál era mejor? ¿Qué sacrificábamos en uno y otro caso? —Siempre te agradeceré —me dijo una compañera de trabajo en la Cancillería, cuando se publicó mi primera novela y yo necesitaba un salario burocrático— que hayas mencionado la calle en donde yo vivo. Nunca antes la había visto en letra de molde en una novela. ¡Gracias!

La verdad es que el tema social de esos libros no tenía para mí verdadero valor si no iba acompañado, también, de una renovación formal del género novelesco. La manera como lo decía era para mí tan importante o más que la materia de lo que decía. Pero todo escritor tiene una relación primaria con los temas surgidos de su medio y una relación mucho más elaborada con las formas que inventa, hereda, copia o parodia. Toda novela contiene estas vertientes, se nutre de estos surtidores, novela e impureza son hermanas; novela y originalidad, consuegras. No quise repetir el éxito de las primeras novelas. Acaso me equivoqué en buscar mi nueva fraternidad sólo en la forma, divorciándome de la materia. El hecho es que un día llegué al agotamiento palpable entre el fondo vital y la expresión literaria.

Viví varios años en París, Londres y Venecia, buscando la nueva alianza de mi propia vocación. La encontré, acaso y pasajeramente, en un canto fúnebre a la modernidad que se nos agotaba por igual a todos, europeos y americanos. Íbamos a cambiar, nos gustara o no, de piel. Las agitaciones de los años sesenta en todo el mundo no me ayudaron; sólo hicieron presente que la juventud estaba en otra parte, no en un escritor mexicano que en 1968, el año crucial, cumplió los cuarenta. Pero ese mismo año hubo la matanza de la Plaza de las Tres Culturas en México y la noche de Tlatelolco. El asesinato impune de centenares de jóvenes estudiantes por las fuerzas armadas y los agentes gubernamentales nos hermanó a todos los mexicanos, más allá de nuestras diferencias biológicas o generacionales. Nos hermanó, quiero decir, no sólo en partido sino en dolor; pero también nos dividió en posiciones en contra o a favor del comportamiento oficial. José Revueltas fue a la cárcel por su participación en el movimiento renovador; Martín Luis Guzmán alabó en una comida del día de la libertad de prensa al presidente Gustavo Díaz Ordaz, responsable de la matanza. Octavio Paz renunció a la embajada en la India; Salvador Novo entonó un aria de agradecimiento a Díaz Ordaz y las instituciones. Yo, desde París, organicé solicitudes de libertad para Revueltas y condenas a la violencia con que el gobierno, a falta de respuestas políticas, daba contestación sangrienta al desafío de los estudiantes. Éstos, ni más ni menos, eran los hijos de la Revolución mexicana que yo exploré en mis primeros libros. Eran los jóvenes educados por la Revolución que les enseñó a creer en democracia, justicia y libertad. Ahora ellos pedían sólo eso y el gobierno que se decía emanado de la Revolución les contestaba con la muerte. El argumento oficial, hasta ese momento, había sido: Vamos a pacificar y estabilizar a un país deshecho por veinte años de contienda armada y un siglo de anarquía y dictadura. Vamos a dar educación, comunicaciones, salud, prosperidad económica. Ustedes, a cambio, van a permitirnos que, para alcanzar todo esto, aplacemos la democracia. Progreso hoy, democracia mañana. Se los prometemos. Éste es el pacto.

Los muchachos del 68 pidieron democracia hoy y esa exigencia les costó la vida a ellos pero se le devolvió a México.

Yo esperaba que los nuevos escritores tradujeran todo esto a literatura, pero no me eximía a mí mismo de una mirada dura, acusándome a mí mismo de complicidades y cegueras que me impidieron participar mejor, más directamente, en ese parteaguas de la vida moderna de México que fue el 68. Mi pesadilla recurrente fue un hospital donde las autoridades negaron la entrada a los padres y familiares de los estudiantes, donde nadie amarró una tarjeta de identidad al dedo del pie desnudo de un solo cadáver...

—Aquí no va a haber quinientos cortejos fúnebres mañana —dijo un general mexicano—. Si lo permitimos, el gobierno se nos cae...

No hubo cortejos fúnebres, hubo la fosa común. Desde México, mi esposa, Luisa Guzmán, me envía cartas serenas pero secretamente angustiadas: "...ensayaba en el Teatro Comonfort en la unidad de Bellas Artes frente a Tlatelolco cuando empecé a oír un tiroteo nutrido y vi los helicópteros del gobierno ametrallando estudiantes y civiles por igual. La cosa duró más de una hora y al salir del teatro se me arrojaron los estudiantes, a mí y a los demás actores, gritándonos, ¡están matando a sus hijos! Nunca he escuchado tantas exclamaciones de horror y desesperación. Ha sido la peor noche de muchas vidas. Al día siguiente los periódicos no mencionaban a los helicópteros y declaraban treinta muertos. Nadie sabe cómo comenzó el tiroteo. Los muchachos aseguran que mezclados con los manifestantes había individuos que probablemente dispararon los primeros tiros. Después, alguien los vio cambiando órdenes y armas con los granaderos. Cada persona da una versión distinta de los acontecimientos. Todos tienen cada día más miedo no sólo de la violencia sino de lo que hay detrás de ella y por no servir a intereses oscuros no sirven a ninguno..."

Le contesté que quería regresar a México, comprometerme más. Acababa de visitar Praga. El mundo cambiaba de piel, había que hacer algo.

"México no es Praga —me escribió de vuelta Luisa Guzmán— y tú lo sabes, la clase media está asustada, y se apelotona junto a las autoridades y el orden. He hablado con choferes y gente humilde. Su ignorancia e indiferencia siguen siendo inconmovibles. Se tragan todas las mentiras de la televisión y la prensa y siguen creyendo en el coco del comunismo amenazante. Ya sé que a pesar de todo esto o precisamente por ello hay que luchar y que si se cae en el camino, pues es mala suerte. Pero venir a meterse en la boca del lobo y que luego resulte que la trampa estaba puesta para atrapar idealistas me parece absurdo, triste y hasta ridículo. Los líderes estudiantiles desaparecen misteriosamente, sin dejar rastro. A otros los han medio matado a tormentos. Tu única posibilidad de participar sería desde la clandestinidad. La traición y la corrupción están demasiado arraigadas entre nosotros. Puede que media docena de jóvenes aguanten el embate de los cañonazos de medio millón de pesos, pero la mayoría acabarán por ceder. Perdona mi pesimismo, no quiero evadir responsabilidades, sólo calmar el entusiasmo que te provocó tu visita a Checoslovaquia. Aquí no pasa día en que de palabra o por escrito no digan que eres traidor a la Patria. No debes venir. Lo mismo eres héroe que traidor y yo me niego a hablar con nadie, estoy cansada de oír juicios ligeros…"

Regresé en febrero de 1969. Recorrí con rabia y lágrimas, de la mano de Luisa Guzmán, la plaza de Tlatelolco una mañana. No tuve más imaginación literaria que ponerme a preparar un oratorio teatral sobre la conquista de México, otra de esas heridas salvajes que han hecho el cuerpo de lo que llamamos, sin gran definición, la patria, el país, la nación… Siempre una tierra cosida a puñaladas, inventada como supervivencia.

Elena Poniatowska y Luis González de Alba escribieron los grandes libros sobre la tragedia de Tlatelolco, y yo debí contentarme con admirarlos y sentir que hablaban, también, en mi nombre. Ahora, el encuentro fortuito con el estudiante Carlos Ortiz en la plaza de Santiago reavivaba en mí todos estos sentimientos. No todos habían cedido, como lo previó Luisa Guzmán. El que cedí fui yo, el traidor fui yo. No pude darle el valor que debí a la lealtad y a la paciencia de mi mujer. Regresé a México y quise compensar mi mezcla de horror político y sequedad literaria con la novedad de los amores, renunciando —quizá para siempre— a adentrarme en el amor de Luisa, volverlo exclusivo, profundizar en la mujer que en esos momentos me hubiera permitido profundizar también en la política y la literatura. Quebré el hilo de Ariadna. Mi frivolidad es imperdonable. Pagaría mi alejamiento de Luisa, muchas veces, repetidas veces, a lo largo de lo que quedaba de vida. No le supe dar, como decimos aquí, el golpe. Debí, acaso, reconstruir nuestro amor. ¿Era reconstruible, o era ya un gran vacío, una mentira, una repetición? Recorrí de su mano la plaza de Tlatelolco. La ternura y el horror se mezclaban en mi pecho. ¿Era mi rechazo de esta ceremonia de la Muerte sólo un pretexto para afirmar una capacidad de amor abstracta, general, sin contenido concreto? ¿Era yo incapaz de querer verdaderamente? ¿Sólo podía aturdirme multiplicando aventuras para convencerme, falsamente, de que sí podía amar? ¿Por qué no distinguí entonces el amor que ella me ofrecía, a mi lado, conocido, quizás hasta rutinario, pero cierto?

Tlatelolco fue para mí un signo terrible —mi propia herida de escritor y amante— de la separación entre el fondo vital de las cosas y su expresión literaria en mi obra. Ahora, en Santiago, me iba a sentar a probarme a mí mismo que era capaz de salir de mi propio hoyo. Angustiado, también era feliz. El amor exaltado con Diana podía ser mi nuevo punto de partida. Si se agotó la vena original de mi literatura, ¿cuál sería la nueva? ¿Me lo diría el amor? La respuesta iba a depender de la intensidad de ese cariño. Por eso dejé mi casa, traicioné a mi esposa, me expuse a otra caída bárbara en el desencanto, ¿y ahora ella me pedía que pasara el día viendo cómo la maquillaban y la peinaban en el *set*? No hay nada más tedioso que la filmación de una película. No iba a perder el tiempo. En nombre mío, en nombre de ella.

—Tú y yo compartimos una cosa —le dije una noche fría y aburrida a Diana—. Hemos perdido el momento del inicio, del debut. Se puede perder igual en el cine, en la literatura y en el amor, sabes...

—Estás hablando con una mujer que ya fue y dejó de ser a los veinte años —contestó Diana—. *I was a has-been at twenty.*

Le dije que siempre me había llamado la atención esa expresión de la lengua inglesa, ese "Ya fue" o "Ya no es", que implica un destino cerrado, terminado. Yo era demasiado optimista para pensar así; creo que somos seres incompletos, inacabados, que no hemos dicho nuestra última palabra. Leo y releo un gran soneto de mi poeta favorito, Quevedo (Diana jamás ha oído hablar de él; en cambio Azucena su secretaria sí y me pide que lo repita y luego lo traduzca sentados los tres en la mesa de cenar rodeada de emplomados blancos, insulsos, de la casa rentada de Santiago):

"Ayer se fue. Mañana no ha llegado,
    Hoy se está yendo sin parar un punto;
    soy un Fue y un Será y un Es cansado…"

Quizá lo que les falta a los gringos, dije con buen humor, es un sentido serio de la muerte, en vez de un sentido trágico de la fama. No hay un país que le dé tanto valor a la fama como los Estados Unidos. Es la culminación de la gran batahola moderna, esa salva de trompetas que desde hace medio milenio dice no basta el nosotros, ni siquiera el yo, se requiere además del nombre, renombre, la fama, ya lo había dicho para entonces Andy Warhol: "Todos seremos famosos durante quince minutos." Le pregunté a Diana si creía de veras que su fama se había acabado a los veinte años. Apoyó su cabeza rubia y recortada en mi hombro y su mano sobre mi corazón.

—Para mí, como actriz, sí…

—Te equivocas —la consolé—. ¿Quieres que te cuente lo que me ocurre a mí como escritor? Te juro que no somos demasiado distintos.

—¿Podemos empezar otra vez, si nos queremos mucho?

—Yo creo que sí, Diana —le dije emocionado de veras.

Esos momentos no duran. Puede perdurar la voluntad de la pasión, y yo la ejercía con Diana contra Diana, hacia

Diana, con todas mis fuerzas. Estaba convencido de que ella me correspondía a su manera. Para los dos, el amor era siempre la oportunidad de empezar de nuevo, aunque para ella vivir era vivir lo que aún no se vive, mientras que para mí, era saber vivir otra vez lo que ya se vivió. Mejor o peor; no quiero abandonar a una orfandad errante mi propio pasado. Para Diana, el triunfo primerizo en el cine y enseguida la mediocridad de sus películas más recientes le cerraban la puerta de su profesión de actriz. Pero ésta era la profesión que ella se levantaba a ejercer todas las mañanas. La miraba desde el lecho, respondiendo a la alarma del despertador, bebiéndose el café que Azucena le traía en una bandeja muy bien arreglada (Azucena es una trabajadora española; tiene el gusto de su trabajo, le da orgullo lo que hace y lo hace bien); ponerse una camiseta y jeans, como su personaje más celebrado, la doncella de Orléans que descubrió la moda más cómoda para una mujer guerrera: vestirse como hombre; amarrarse una pañoleta a la cabeza y salir tirándome un beso seco, mientras yo me robo una hora más de sueño, me despierto recordando con un placer intenso la noche con Diana, me ducho y afeito pensando en lo que voy a escribir (la regadera y la navaja son mis mejores resortes para la creación: agua y acero, debo ser muy árabe, muy castellano). Miraba a mi amante sacrificarse y disciplinarse por una profesión en la que ella misma no creía ni se veía, no distinguía su futuro, y me instalaba el resto del día en este enigma, grande y pequeño a la vez: ¿Qué quiere Diana Soren en verdad si lo que hace no es lo que quiere hacer?

X

El tedio de Santiago se convirtió en el tema más tedioso de nuestra conversación; parecía un acuerdo inquebrantable, en el que todos, ella y yo, la secretaria y los demás miembros de la compañía, estaban de acuerdo: Santiago era el lugar más aburrido del mundo.

En vez de los telegramas augurales que les enviamos a nuestros amigos comunes el día del Año Nuevo, ahora ella mandó dos o tres cables desolados, todos diciendo lo mismo, una sola palabra: HELP!

Los círculos se dividieron. En la casa más grande y elegante en las afueras de Santiago se instalaron el actor principal, que era un afamado protagonista de series de televisión, con su compañera y el director de la película, un hombre saturnino aunque prometedor que también había sido formado en la televisión. En el melancólico hotel del centro de la ciudad se quedaron el camarógrafo, un inglés que rendía culto explícito a Onán, y un actor que tuvo mucha fama en el teatro obrero de los años treinta. Pero el centro solar de la filmación era el protagonista masculino, su novia y el director.

—Son muy simpáticos y me llevo bien con ellos —dijo Diana—. Pero la condición es vivir separados y vernos poco. Ellos prefieren la cerveza y el póker para pasar las noches.

Nosotros jamás haríamos eso. Me pregunté, aparte de amarnos mucho, en qué ocuparíamos las noches. Diana me dijo

63

que había invitado al característico de la película, el actor norteamericano Lew Cooper, a vivir con nosotros. —No te preocupes. Tiene setenta años y es muy inteligente. Te gustará.

Yo sabía muy bien quién era. Primero, porque fue el gran actor de las obras de Clifford Odets en los treinta y de Arthur Miller en los cuarenta. Segundo, porque fue una de las víctimas de la cacería de brujas macartista de la siguiente década. A mí me repugnaban todas las personas que habían delatado a sus compañeros, condenándolos al hambre y a veces al suicidio. En cambio, eran héroes míos todos los que, como dijo Lillian Hellman, se negaron a acomodar sus conciencias a la moda política del momento. Cooper, extrañamente, caía entre las dos categorías. Algunos decían que era un hombre totalmente apolítico y que sus declaraciones ante el Comité de Actividades Antinorteamericanas eran inocuas. Había nombrado a los que ya estaban nombrados o, francamente, se habían declarado ellos mismos comunistas. Nunca añadió, por así decirlo, un nombre inédito a la lista del inquisidor. Pero aunque no delató, en sentido estricto, a nadie, el hecho moral es que sí dio nombres o por lo menos los reiteró. ¿Cómo juzgar este acto? Cooper continuó trabajando. Otros, que se negaron a hablar, no volvieron a pisar un *set*. Yo, que no formaba parte del mundo político norteamericano, pero sí de un mundo moral que lo rebasaba, luchaba entre mis convicciones de izquierda y mi ética personal contraria a todo maniqueísmo fácil y, sobre todo, a la menor sospecha de fariseísmo. ¿Era el caso de distinguir difícil, pero puntualmente, entre los casos de delación activa, sedienta de sangre, vengativa, envidiosa, oportunista, y las flaquezas y caídas a las que todos, quizá, estamos expuestos? La ambigüedad moral de la actitud de Cooper lo hacía más interesante que culpable. Uno, entre tantos, debería ser mi propio semejante. ¿Quién me aseguraba que, en determinadas circunstancias, yo mismo no actuaría como él? Todo mi ser intelectual y moral se rebelaba contra ello. Pero mi ser sentimental, humano, cordial, como gusten ustedes llamar-lo, me inclinaba a perdonar a Cooper, como algún día, acaso, otro tendrá que perdonarme algo a mí. Hay seres que se her-manan así a nuestra debilidad porque nosotros mismos nos reconocemos, con un vuelco del corazón, en ellos. Cooper no merecía mi censura, más bien mi compasión.

Sentí, de todos modos, curiosidad por las personas que formaban el equipo pero Diana se enervó con mis preguntas.

—Hollywood adora las biografías encapsuladas. Aho-rran tiempo y sobre todo nos absuelven de pensar. Nos per-miten darnos aires de ser objetivos, pero en realidad lo que nos tragamos es chisme en consomé. Marilyn Monroe: mu-chachita triste y solitaria. Padre irresponsable. Madre loca. Rodó de orfanatorio en orfanatorio. Nunca debió dejar de ser Norma Jean Baker. No pudo con el paquete de ser Ma-rilyn Monroe: píldoras, alcohol, muerte. Rock Hudson: un guapísimo chofer de camiones texano. Acostumbrado a ro-dar de noche por las carreteras, libre, recogiendo muchachos y amándolos. Lo descubren, lo hacen estrella. Tiene que es-conder su homosexualismo. Lo meten a un clóset lleno de cámaras y reflectores. Todos saben que es una reina. El mun-do tiene que creer que es el más viril de todos los galanes. ¿Quién los desengañará a todos? La muerte, la muerte...

Rió y se sirvió un vaso de whisky sin pedir que yo lo hiciera por ella.

—No creas mi biografía. No creas cuando te digan: Dia-na Soren. Pueblerina. La chica de al lado. Gana un concurso para interpretar la Santa Juana de Shaw en cine. Lo gana entre dieciocho mil concursantes. Del anonimato a la gloria en un instante. La dirige un verdadero sádico. La humilla, preten-de sacarle una gran actuación con su crueldad, en realidad sólo la convence de que nunca será una gran actriz. Y así es. Diana Soren no es una gran actriz. Diana Soren acepta cualquier mierda que le ofrecen los estudios para disfrazarse, para que el mundo crea que Diana Soren es eso: sólo una actriz mediocre. Entonces Diana puede dedicarse a hacer lo que quiere ser, sin que nadie la coarte...

Brindé con ella. —¿Qué quieres ser?

—La locación va a durar dos meses —los ojos grises (¿o eran azules?) desaparecieron detrás de un vidrio ambarino—. Tú mismo dímelo cuando termine.

XI

Sólo algunas noches fuimos a cenar a casa del actor principal, que vivía con su novia y el director. A Diana le repugnaba esta especie de falansterio que quería reproducir la vida
de Hollywood lejos de Hollywood: una versión sublimada,
más desdeñosa y notoria, desenfadada y *world weary*, de lo
que los norteamericanos buscan al salir de los Estados Unidos, el hogar lejos del hogar, los Holiday Inn idénticos entre sí, las mismas toallas y los mismos jabones en los sitios
acostumbrados; la misma información, revistas, filtros de
seguridad mental... La diferencia entre el turista vulgar y
el artista hollywoodense es que aquél, asustado y todo, vive
con la palabra *wonderful* en los labios; al cabo, el mundo le
parece fascinante, increíble, exótico... con tal de que pueda
regresar al hogar fuera del hogar, el Holiday Inn, el mismo
menú, todas las noches. El artista de cine, en cambio, ya lo ha
visto todo, está cansado, nada le impresiona, la locación es
un mal necesario, que pase rápido, matemos el tedio con
sexo, alcohol, chisme e inmortalidad. No me sorprendía esta
mezcla. El sexo nos decía que estábamos vivos aunque en un
sitio muerto. El alcohol suplía la naturaleza excepcional, por
fuerza y por física, del sexo, con un estado vagamente enso-
ñado y flotante que, como decía el actor principal, todo lo
hacía actual, ¿se han dado cuenta?, basta un par de martinis
para que todo lo que nos ha pasado se vuelva presente...

—¿Qué quieres decir, azúcar? No te entiendo —le decía su novia.

—¿Te gustaría ser siempre feliz? —le preguntaba el actor tomándola de la barbilla y mirándola fijamente a los ojos.

—¿A quién no, oye?

—Pero no lo eres, ¿verdad?

—Oye, ¿quién lo es?

—Pero cuando bebes, eres feliz…

—Sí, aunque lo pago a la mañana siguiente… —se rió como una burrita.

—Ése no es el punto. Bebes y no sólo eres feliz.

—¿No?

—Juntas todos tus momentos de felicidad, es como si los vivieras todos juntos, al mismo tiempo, aquí, ahora, ¿ves?

—Sí, veo, ves tú por qué me gustas tanto, nadie más me hace entender las cosas…

El actor reía guturalmente y apretaba la rojiza cabeza de su compañera contra su pecho velludo y descubierto por la camisa roja como capote taurino, pero ella se quejaba de la cadena que también lucía sobre el pecho el actor; ay, me hace daño, me raspa las cejas…

El galán tenía ojos taxidérmicos y al mirarla ella se desvanecía, diciéndole sólo he visto esos ojos en las cabezas de los venados cuando las colocan de adorno en los clubes campestres…

El sexo, el alcohol y el chisme. Porque si el alcohol nos hacía felices, también nos soltaba la lengua, quién se acostaba con quién, por cuánto, para qué, qué papel le dieron a Lilly, a quién se lo arrebató, quién va de salida, quién sube como la espuma. La inmortalidad.

—¿Crees que Lilly va a durar?

—No sé. Todo es comparativo. ¿Durar más que qué?

—Bueno, menos que los rostros de Mount Rushmore, por supuesto.

—¿O más que quién, entonces?

—Garbo duró mucho y se retiró a tiempo. Anna Sten no duró nada, la retiraron a tiempo. Lupe Vélez duró mucho pero no supo retirarse a tiempo. A Valentino lo retiró la muerte a los treinta años…

—Mira, lo importante no es qué lugar ocupas sino *cuánto* lugar. Es el espacio lo que cuenta, no el tiempo. Poco tiempo, pero mucho espacio, ya la armaste. Poco espacio, pero mucho tiempo, eres un pobre diablo.

—Depende de la publicidad. Y del talento, claro.

Pero al decir "talento", los ojos de todos se volvían vidriosos, se miraban entre sí como si no estuvieran allí o fueran todos de vidrio, como el licenciado de Cervantes, y entonces había que pensar en el sexo otra vez, para ser, saber qué soy, saber qué eres, y reiniciar la ronda, alcohol, chisme, inmortalidad, quién va a sobrevivir, quién va a durar, vamos a coger, vamos a beber, vamos a chismear, ¿vamos a durar?

Le dije en voz baja a Diana que todo esto me recordaba una de las instituciones más repulsivas del mundo, el *cocktail-party* gringo en el que nadie se digna concederle más de dos o tres minutos a nadie, ni al desconocido más fascinante ni al más entrañable y viejo de los amigos. Sí, eres de vidrio, miran a través de ti para ver quién es el siguiente favorecido al que le darán un par de minutos antes de ofrecerle una cara congelada y desdeñosa porque ya espera su turno el siguiente que etc. Todo esto balanceando una copa con una mano y una salchicha vienesa enrollada en tocino grasoso con la otra. Quiere decir que saludan con sólo dos dedos y con la boca más hinchada que los carrillos de Dizzy Gillespie tocando la trompeta.

—¿Cómo fue tu llegada a Hollywood? —me interrumpí a mí mismo.

Esa noche, Diana no olía a untos perfumados. Olía a jabón y traía puestos overol y una camiseta blanca. Sólo yo sabía los excitantes primores que se escondían debajo de esta simplicidad.

Contó muchas cosas que yo ya sabía, otras que desconocía.

La escogieron para hacer el papel de la Santa Juana de Shaw entre dieciocho mil aspirantes. Fue un estrellato por eliminación —todo en los Estados Unidos es como una carrera de relevos—: una tras otra, las chicas eran rechazadas porque no daban la medida. Unas tenían la nariz larga o demasiado corta, otras el cuello también demasiado corto o largo, otras se veían muy grandes en la pantalla.

—La pantalla te agranda. Idealmente tienes que ser pequeña y delgada, o si eres grande, debes ser esbelta y graciosa en tus movimientos, como Ava Gardner, o misteriosa como Garbo, o creíble como Ingrid Bergman. Otras tenían los ojos más bellos del mundo, pero Dios les dio cuellos de cortisona. Otras más tenían cuerpos de Venus, pero caras de luna...

—Tú eres Diana, la cazadora de la luna...

Se rió. —Yo lo oí desde el primer día en el *set*. Una chica muy pequeña para un papel muy grande, murmuraban. Un gran actor inglés me compadeció. Vas a ser estrella antes de ser actriz, me dijo. Esto era lo que me asustaba, la buena intención, la compasión, no la exigencia tiránica del director. Al cabo, éste creía tener una idea clara de lo que Shaw quería. Sólo me pedía estar a la altura del autor, ser Santa Juana, sin importarle si yo era actriz o estrella, o si era chica o grande para el papel. ¿Tú recuerdas lo que dice Shaw de su Santa?

Le dije que sí, era una obra que me gustaba mucho. —Shaw ve a la Edad Media como una piscina de excéntricos y a Santa Juana como uno de sus peces más extraños. Irritó a todo el mundo. Era una mujer vestida de hombre: irritaba al machismo feudal. Se decía emisaria de Dios: irritaba a los obispos, a los que ella se sentía superior. Le daba órdenes al Rey de Francia y quiso humillar al de Inglaterra. A los generales los mandaba a la chingada y les demostraba que era mejor estratega que ellos. ¿Cómo no iban a quemar a una mujer así?

Diana colgó la cabeza. —El director me dijo: si los hubiera tratado políticamente a todos, a los reyes, a los generales, a los obispos y a los señores feudales, habría vivido muy largo tiempo. Era una mujer incapaz de ceder. No sabía hacer compromisos. Era masoquista. Quería sufrir para llegar al cielo.

Se abrazó de mi cuello, emocionada, casi sollozando, ¿qué debe uno hacer, conceder o ser íntegra, vivir mucho tiempo o morir joven en la hoguera, qué, dime, mi amor?

Quise contestar con humor, porque la emoción también se adueñaba de mí. Pero no me salió nada; el Espíritu Santo no me visitaba esa noche. Hice una seña de discreción con el dedo para que todos entendieran. Nos miraban con extrañeza. La conduje a la terraza de madera volada sobre una barranca. El aire frío del desierto nocturno nos despabiló.

—Ojalá me hubieras dirigido tú —me regaló Diana su sonrisa de hoyuelos.

—Shaw dice que Juana fue como Sócrates y Cristo. La mataron sin que nadie levantara un dedo para defenderla.

—Exigí ver la película de Dreyer, *La pasión de Juana de Arco*. Ellos —el estudio— no querían. Que me iba a influir. Que la comparación me iba a aplastar. La Falconetti era una Juana infinitamente triste, yo no tenía esa tristeza, no tenía de dónde sacarla…

—Decidiste ser Santa Juana en la vida.

Me miró inquisitivamente. —No. Decidí que Juana estaba loca y merecía morir en la hoguera.

La interrogué, sorprendido.

—Sí. Todo el que lucha por la justicia está loco. El cristianismo es una locura, la libertad, el socialismo, el fin del racismo y de la pobreza, todas son locuras. Si defiendes esto, estás loco, eres una bruja y acabarán quemándote…

Nunca me miró con melancolía más grande, como si por su mirada nocturna, tan clara, pasaran las imágenes en claroscuro de Dreyer, la Falconetti con el pelo rapado y los ojos de uva sangrienta, los muros blancos, las túnicas negras de los obispos, los labios exangües de Antonin Artaud prometiendo otros paraísos...

—Hay una filósofa andaluza muy anciana, María Zambrano, que dice lo siguiente: la revolución es una anunciación. Y su vigor se ha de medir por los eclipses y caídas que soporta. Juana era una revolucionaria. Era una cristiana.

—Lo malo —dijo ella con amargura súbita— es que el director no entendía eso... El muy imbécil creía que Juana era santa porque sufría, no porque gozaba siendo insoportable para todos.

—Había que quemarla —dije como conclusión, sin pensarlo mucho.

—Literalmente, literalmente. El director me amarró a la estaca, le mandó prender fuego y ni siquiera filmó la escena Vio cómo se me acercaban las llamas. Quería verme asustada para convertirme en su Santa Juana. Me hubiera dejado consumirme allí, el hijo de puta. Los técnicos me salvaron cuando las llamas tocaron mi suplicio. El director estaba feliz; yo ya había sufrido: era santa. No me dejó ser rebelde. Fracasamos los dos.

Esta declaración le devolvió la serenidad a Diana.

—Para salir de la tiranía del director, me casé con un escritor ilustre que podía dominar al mismísimo director y a todos los estudios de Hollywood.

—¿También te satisfizo a ti?

Me miró como si yo fuera otro, de cristal, un licenciado vidriera más.

—Nunca hables mal de Iván.

—Lo admiro mucho —dije con una risa cordial.

—No te rías nunca cuando hables de él.

Me dio la espalda y regresó al salón. La seguí. El actor, muy borracho, repetía incesantemente, desubicado en la nación mexicana, *"I'm very cross in Vera Cruz, I'm very cross in Vera Cruz"*, su novia se preguntaba si Lilly, la estrella en ascenso, iba a durar o no, y el camarógrafo dijo que él tenía la solución portátil para todos los problemas de la soledad sexual en las locaciones lejanas, bajándose el zíper y mostrándonos su sexo como una gran pera magullada, mientras gritaba ¡viva el amor propio! Y el actor declaraba *very cross in Veracruz* y su novia le rogaba, nunca seas un ya fue, a *has been*, te abandonaría, te juro que te dejaría por otro, el éxito es mi afrodisíaco...

—Ya ves —suspiró Diana mientras la camioneta nos llevaba al centro de Santiago—. Hollywood es una serie de cápsulas biográficas; vitaminas o veneno que puedes comprar en la farmacia.

XII

La que no necesitaba cápsula biográfica era Azucena. Todo sobre ella me pareció al principio incierto. Su edad, desde luego. Era baja de estatura, muy delgada, con una nervadura casi viril, pero que sin duda se debía a varias vidas de trabajo intenso. La naturaleza de este trabajo, al lado de Diana Soren, no era incierta. Azucena estaba, invisiblemente, en todo. Ella hacía las maletas para viajar, las desempacaba al llegar, ponía todas las cosas en su lugar. Ella aseguraba que la ropa estuviera limpia, planchada. Ella se ocupaba de despertar a Diana, de traerle el desayuno y de organizar las comidas para todos nosotros. Ella hacía las llamadas telefónicas indispensables, sacaba los boletos de avión, reservaba hoteles, contestaba telegramas, enviaba fotos prefirmadas de la estrella (¿cuántas le pedirían, promedio, cada mes?), filtraba llamadas telefónicas, solicitudes pertinentes e impertinentes. ¿Secretaria, dama de compañía, sirvienta de lujo, cómplice, guardaespaldas? ¿Cómo llamarla?

Azucena. No era bonita. Tenía una de esas caras catalanas que parecen fabricadas a hachazos, o nacidas de una montaña: duras, pétreas, angulosas. Los labios descarnados y largos, la larga nariz de punta temblorosa, la mirada velada por párpados y bolsas gruesas, los ojos apenas ranuras, reveladores, sin embargo, de un brillo inteligente. De las cejas y del peinado dependía todo. El arco, el espesor de la ceja. La forma, el color del pelo. Azucena había escogido un peinado neutro, caoba, que proclamaba su mensaje: Envejeceré con este color y este corte de pelo. Envejeceré sin que nadie lo note, hasta que todos crean que siempre tuve la edad de mi muerte.

No podía sacarme de la cabeza la idea de que en esta locación de cine, sólo ella y yo sabíamos quién era Quevedo. "Ayer se fue. Mañana no ha llegado..." Yo tenía curiosidad, en cambio, por averiguar la forma real de sus cejas. La forma artificial era una interrogante, no una declaración neutra como la cabellera, sino un desafío cuestionante, cejas arqueadas de las que estaba excluido el asombro y quedaba, siempre, sólo la pregunta.

Era española, de manera que nos era fácil comunicarnos. No sólo por la lengua, sino por una cualidad que adiviné primero y luego comprobé en ella. Viéndola moverse, ágil y nerviosa, vestida siempre con falda, blusa y cárdigan, que era el uniforme profesional citadino de esa época, pero con dos piernas españolas musculosas, fuertes, de tobillo grueso, adiviné que había muchos campesinos detrás de la correosa figura de Azucena; pero había, sobre todo, una tradición de trabajo no sólo honorable, sino orgulloso. En todo lo que hacía esta mujer había orgullo. Me contó un día que sus abuelos eran campesinos del Bajo Ebro, vecinos de Poblet, desde hacía siglos. Los padres se fueron a Barcelona y establecieron un pequeño comercio de comestibles, a ella la mandaron a estudiar taquigrafía pero los tiempos eran difíciles para España, los jóvenes tenían que trabajar para mantener a sus padres y hermanos, ella fue mesera, luego la contrataron cuando empezaron a filmar películas americanas en España, conoció al marido de la señora, aquí estaba...

Estaba, digo, con esa dignidad en el trabajo que asociamos, aunque nos pese, con el cerrado sistema de clases europeo. Acaso se deba, también, a la vieja dignidad medieval otorgada a la función, al oficio. Cuando se sabe que siglos antes y siglos después de nosotros fuimos y seremos carreteros, herreros, albañiles, plateros, mesoneros, le damos una dignidad espontánea a nuestro lugar, a nuestro trabajo. Esta certeza —¿esta fatalidad, este orgullo?— contrastaba con el culto moderno de la movilidad social, la *upward movility* que nos vuelve eternos insatisfechos del lugar que ocupamos, eternos envidiosos del que ya llegó a un lugar superior al nuestro, usurpando, seguramente, el sitio que nos corresponde... Azucena no hablaba de ello, pero era indudable que había pasado por guerra y dictadura, había visto prisión y muerte, sabía del garrote vil y le infundía pavor La Guardia Civil. Pero la ocupación continuaba: sembrar, arar, vender lechugas o servir mesas. Si ella no le daba dignidad a su trabajo, nadie se la daría. La perspectiva de ese trabajo era la continuidad, la permanencia. Estaba donde estaba, a gusto, no a disgusto y en esto veía yo el contraste, cuando visitaba la locación a veces, para reunirme en la tarde con Diana, con la peluquera y el *stuntman*. Ellos y los demás actores, los técnicos, los productores, el director, todos inmensamente angustiados, escondiendo la angustia detrás de una máscara de jocularidad. La broma, el *joke*, la jócula perpetuas son una característica atroz de los norteamericanos, el *wisecrack*, la broma instantánea, la respuesta irónica o graciosa, son una extensa pero delgada máscara que cubre el territorio vasto de los Estados Unidos y disfraza la angustia de sus habitantes; esta angustia es la de moverse, no estarse quietos en un solo lugar, llegar a otro sitio, hacer, hacerse, hacerla, *make it*. Detestan lo que están haciendo porque todos, sin excepción, quisieran hacer otra cosa para hacer algo más. Los Estados Unidos no tuvieron la Edad Media. Es su gran diferencia con los europeos, desde luego, pero también con nosotros, los mexicanos, que venimos de los aztecas pero también del Mediterráneo, de los fenicios, los griegos y los romanos, pero también de los judíos y los árabes, y junto con todos ellos, de la España medieval. A México se llega también por la ruta de Santiago —no este de la filmación, sino el de la Vía Láctea hacia Compostela—. Más tarde, cuando mis alumnos de Harvard se quejaran de las remotas tradiciones que yo sacaba a cuenta para explicar a la América Latina contemporánea, yo les preguntaría: —Y para ustedes, ¿cuándo empieza la historia?

Siempre me contestaban: En 1776, al nacer la nación norteamericana.

Los Estados Unidos, nacidos como Minerva de la cabeza de Júpiter, armados, íntegros, ilustrados, libres, envidiados… y dotados de movilidad social, siempre hacia arriba, ser siempre algo más, alguien más, más que el vecino. El país sin límites. Era su grandeza. También, su servidumbre.

Azucena era la dama de compañía, la sirvienta invisible, digna, serenamente satisfecha. A veces, era imposible saber si estaba o no estaba. Caminaba con paso de gato por la casa de Santiago. Una mañana, entró a despertar a Diana con la bandeja del desayuno entre las manos y nos descubrió cogiendo ostensiblemente: un sesenta y nueve suntuoso que no era posible disimular. Dejó caer la bandeja. En el estrépito, Diana y yo nos desenchufamos torpemente. Por un azar de la posición, o de la luz, mi mirada se cruzó con la de Azucena. Vi en sus ojos el vértigo de imaginarse amada.

XIII

En momentos míos muy tiernos, muy vulnerables, que creía compartir con Diana, invistiéndola de todas esas cualidades, si lo eran, o indefensiones, como resultaron serlo, le proponía que lo dejara todo, que se viniera conmigo a uno de los puestos universitarios norteamericanos que a veces me ofrecían. Nunca había enseñado en una universidad gringa. Imaginaba algo así como un remanso bucólico rodeado de lagos, bibliotecas cubiertas de hiedra y buenas papelerías, que es mi razón máxima de atracción hacia el mundo anglosajón. Siento una angustia profesional en los países latinos; la baja calidad de papel, que es mi instrumento de trabajo, es una negación comparable a la de un pintor desprovisto de pinturas, o armado de pinceles pero ayuno de telas. La tinta se escurre por un cuaderno hecho en México; el papel español es propio de una antigüedad mercantil o contable salida de las novelas de Pérez Galdós, primo del ábaco y hermano del pergamino, y en Francia una empleada mal encarada cierra el paso al escritor curioso de oler, tocar, sentir la proximidad del papel.

En cambio, en el mundo anglosajón el papel es suave como seda, la variedad de los instrumentos colorida, extensa, bien clasificada. Entrar a una papelería en Londres o Nueva York es penetrar a un paraíso de frutos escribaniles, plumones que vuelan como azores, tableros que sujetan con la ductilidad de una mano enamorada, clips que son broches de plata, carpetas que son protocolos, etiquetas que son cartas credenciales, cuadernos que son deuteronomios... Durante años, viajé a México cargado de cuadernos de papel satinado para que mi amigo Fernando Benítez pudiera escribir cómodamente sus grandes libros sobre las supervivencias indígenas de México, cómoda y sensualmente. A Benítez la ley de exclusión ideológica del macartismo le impedía entrar a los Estados Unidos, ni siquiera para comprar buenos cuadernos de trabajo. Pero ésa es otra historia. José Emilio Pacheco, el poeta mexicano, dice que lo primero que hace antes de comprar un libro es abrirlo al azar y meter la nariz entre sus páginas. Ese olor magnífico, comparable al que se puede hallar entre los senos o entre las piernas de una mujer, se multiplica por mil en las estanterías de las grandes bibliotecas universitarias de los Estados Unidos. Ahora yo invitaba a Diana, sin demasiada seriedad, lo admito, con una especie de entusiasmo indefenso, lo repito, si quieres podemos vivir juntos en una universidad, tú puedes salir a filmar...

Ella me interrumpía: —Sería mejor que Santiago.

Yo le agradecía las notitas que me hacía llegar desde la locación en las montañas, todos los días, mientras yo escribía mi oratorio. La mejor de ellas (la que conservaré siempre), decía: "Mi amor: Si logramos sobrevivir a este lugar, somos invencibles. ¿Qué puede separarnos? Te quiero." Pero ahora dijo que sí, vivir en un campus universitario americano podría ser bonito. Ella, todos los años, regresaba a su pueblo en Iowa a conmemorar el Día de Acción de Gracias, ese *Thanksgiving* que sólo los gringos celebran. Les recuerda su inocencia; esto es lo que en realidad celebran. Evocan el año cumplido por los fundadores puritanos de la colonia de Massachussets, llegados a la roca de Plymouth en 1620, huyendo de la intolerancia religiosa en Inglaterra. Yo los llamo, para hilaridad de algunos amigos, los primeros espaldas mojadas de los Estados Unidos. ¿Dónde estaban sus visas, sus tarjetas verdes? Los puritanos eran trabajadores inmigrantes, igualito que los mexicanos que hoy cruzan la frontera sur de los Estados Unidos en busca de trabajo y son recibidos, a veces, a palos y a balazos. ¿Por qué? Porque invaden con su lengua, su comida, su religión, sus brazos, sus sexos, un espacio reservado para la civilización blanca. Son los salvajes que regresan. En cambio, los puritanos gozan de la buena conciencia del civilizador. Roban tierras, asesinan indios, decretan la separación sexual, impiden el mestizaje, imponen una intolerancia peor que la que dejaron atrás, cazan brujas imaginarias y son, sin embargo, los símbolos de la inocencia y de la abundancia. Un gran pavo relleno de manzanas, nueces, especias y rociado de salsa espesa confirma a los Estados Unidos, cada mes de noviembre, en la certidumbre de su destino doble: la Inocencia y la Abundancia.

—¿A eso regresas todos los años?

Dijo que ese sí que era su mejor papel. Pretender que seguía siendo una muchacha sencilla de campo. No le costaba mimar sus valores de clase media. Los mamó, creció con ellos.

—Es el papel que esperan de mí mis padres. No me cuesta. Te digo que es mi mejor papel. Merecería un Oscar por lo bien que sé representarlo. Vuelvo a ser la chica de la casa de al lado. La vecina. Tienes razón.

Sus ojos se velaron de nostalgias.

—Donde quiera que esté, el último jueves de noviembre regreso a mi pueblo natal y celebro el Día de Acción de Gracias.

—¿Cómo lo toman ellos? Tus padres.

—Sirven vino. Es la única vez que lo hacen. Creen que si sirven vino estaré contenta, no extrañaré París. Me ven como una mujer extraña, sofisticada. Yo les hago creer que soy la misma chica pueblerina de siempre. Ellos sirven vinos franceses. Es su manera de decirme que saben que soy distinta y que ellos, en cambio, siempre son los mismos.

—¿Ellos te creen? ¿Tú crees que te creen?

—Vamos a jugar scrabble. Apenas son las ocho de la noche.

Inventamos diversos juegos de salón para pasar las noches. El más socorrido era el juego de la verdad. La consecuencia de mentir era un placer: darle un beso al mentiroso. Era mejor decir la verdad y guardarse los besos para la noche. Pero Cooper, el viejo actor, estaba solo y sin embargo no deseaba besar o ser besado.

La pregunta esta noche era una que yo propuse: ¿Por qué frenamos nuestras grandes pasiones?

¿Qué quieres decir?, preguntó el actor, ¿que si no las frenamos volveríamos a la ley de la selva? Eso ya lo sabemos, dijo con un gesto agrio de la nariz y los labios torcidos, muy característico de sus papeles en el cine.

No, me expliqué, les pido que muy personalmente declaren por qué, en la mayoría de los casos, cuando se presenta la oportunidad de vivir una gran pasión personal la dejamos pasar, nos hacemos tontos, parecemos, a veces, ciegos, ante la oportunidad mejor de empeñarnos en algo que nos dará una satisfacción superior, una...

—O una insatisfacción profunda —dijo Diana.

—También es cierto —dije yo—. Pero vamos por partes. Lew.

—Okey, no diré que toda gran pasión nos devuelve al estado animal y rompe las leyes de la civilización. Pero ocurre a cada rato, desde el sexo con nuestra mujer hasta la política. Quizá el temor más secreto es que una pasión ciega, irreflexiva, nos saque del grupo al que pertenecemos, nos haga culpables de traición...

El viejo estaba hablando con dolor. Lo interrumpí, sin darme cuenta de que violaba mi propia premisa. No le dejaba entregarse a su pasión porque sentí que la estaba personalizando e identificando demasiado con su propia experiencia... Diana me miró curiosamente, sopesando mi propensión a los buenos modales, a evitar fricciones...

—¿Lo dices por el sexo, te refieres a la pasión sexual? No, me dijo Cooper con la mirada. —Sí. Eso es. La pasión nos saca del grupo familiar. Puedo violar la endogamia. Endogamia y exogamia. Ésas son las dos leyes fundamentales de la vida. El amor con el grupo o fuera de él. El sexo adentro o afuera. Decidir eso, saber si la sangre se queda en casa o se vuelve vagabunda, errante, eso es lo que nos impide seguir la gran pasión. O nos lanza de cabeza al abismo de lo desconocido.

Necesitamos reglas. No importa que sean implícitas. Tienen que ser seguras, claras para nuestro espíritu. Te casas dentro del clan. O te casas fuera de él. Tus hijos serán de nuestra familia o serán extraños. Te quedarás aquí junto al hogar de tus abuelos. O saldrás al mundo.

—Ustedes han salido al mundo —les dije a los dos norteamericanos—. Los mexicanos nos hemos quedado adentro. Incluso les regalamos medio país a ustedes porque no lo poblamos a tiempo.

—No te preocupes —rió Diana—. Pronto California volverá a ser de ustedes. Todo mundo habla español.

—No —le dije—. Contesta a la pregunta del juego.

—Tú primero. Las damas al final —se acurrucó en sí misma como un gato de Angora. Nunca fueron más profundos, más prometedores, los hoyuelos de sus mejillas.

—Yo confieso que me da miedo que una pasión me quite el tiempo que necesito para escribir. He dejado pasar muchas ocasiones de placer porque he previsto las consecuencias negativas para mi literatura.

—Dilas —más hoyuelos que nunca, casi impúdicos.

—Celos. Dudas. Tiempo. Vueltas y más vueltas. Lugares de cita. Confusiones. Malentendidos. Mentiras.

—Todo lo que le quita pasión a la pasión —Diana agitó cómicamente su cabeza rubia.

—No hay mujer que no puedas conquistar si le dedicas tiempo y halago. Importan más que el dinero o la belleza. Tiempo,

tiempo, la mujer es devoradora del tiempo del hombre, eso es todo. Dedicarles mucho tiempo.

—Nosotros no perdimos el tiempo. Nos vimos y ya —dijo Diana como si estuviese bebiendo una copa invisible—. Tú y yo.

—Tengo terror de quedarme sin tiempo para escribir —continué—. Escribir es mi pasión. Todo escritor nace con el tiempo contado. Desde el momento en que se sienta a escribir, inicia una lucha contra la muerte. Todos los días, la muerte se acerca a mi oreja y me dice: Un día menos. No tendrás tiempo.

—Hay algo peor —dijo Cooper—. Un amigo científico de UCLA me dijo que llegará el día en el que, al nacer, te podrán decir, primero, de qué vas a morir y, segundo, cuándo vas a morir. ¿Vale la pena vivir así?

—Ése es otro juego, Lew. Esa pregunta la haremos mañana —me reí—. Nos quedan muchas largas noches en Santiago, sin cine, sin televisión, sin restoranes decentes...

Miré a los ojos de Diana, implorando, no afirmando, muchas noches por delante, pero mis ojos no disolvieron la mirada de desengaño en los suyos. Dije la verdad. ¿Merecería un beso esa noche? ¿Me besaría Diana para decirme: Mentiste? Me prefieres a mí. Lo dejas todo por mí. Tus mañanas de escritor son una farsa. Vives para amarme de noche. Yo lo sé. Yo lo siento. Todo lo que escribas aquí será una mierda porque tu pasión no estará allí, estará entre mis sábanas, no entre tus páginas.

—Deberíamos hacerlo —dijo Diana.

Lew y yo la miramos sin entenderla. Entendió.

—Nada debe impedirnos una pasión. Absolutamente nada. Dame algo de beber.

Lo hice mientras ella decía que la vida nunca es generosa dos veces. Hay fuerzas que se presentan una vez, nunca más. Fuerzas, repitió cabeceando varias veces, mirándose las uñas pintadas de los pies desnudos, la barbilla apoyada en las

83

rodillas. Fuerzas, no oportunidades. Fuerzas para el amor, la política, la creación artística, el deporte, qué sé yo. Pasan una sola vez. Es inútil tratar de recuperarlas. Ya se fueron, enojadas con nosotros porque no les hicimos caso. No quisimos a la pasión. Entonces la pasión no nos quiso tampoco.

Se soltó llorando y la tomé en brazos, cargándola hasta la cama. Era del tamaño de una niña.

XIV

La acosté, suave y rendida, llorando, acostumbrándome al
cuidado que ella parecía exigir y que yo, con un gusto in-
menso, le daba. Parecía una niña, recostada de lado, llorando
suavemente, agitada apenas en su pequeñez física, solicitan-
do protección y ternura. Yo quería dársela, la acomodé en
la cama, la cubrí contra el frío del desierto, acaricié su cabeza,
tan acostumbrado ya al corte de pelo de Santa Juana, lista
siempre para la guerra y para la hoguera. No dejaba cabellos
sueltos en la almohada, como otras mujeres. No dejaba, en
verdad, rastro alguno, como si su limpieza sueca, luterana,
fresca como un bosque, azul como un fiordo, prendida con
desesperación a las horas largas del verano, como si el invierno sin luz fuese el espejo oscuro de la muerte, fuese puro espíritu, inmaterial. Todo ello vi, sentí, al arroparla esa noche
en que ella lloraba pensando (me imaginé) en las ocasiones
perdidas para la pasión, los momentos que pasaron, nos con-
vocaron, no les hicimos caso y se fueron para siempre. Es
inútil tratar de recuperarlos. Se fueron para siempre. No se
convirtieron en costumbre.

En cambio, me dije acariciando su cabeza mientras ella
se hundía en sueños invisibles, todo lo que aceptamos se
vuelve costumbre, incluso la pasión. Yo sonreía acariciando
su cabeza rubia de cabellos muy cortos, el papel de Santa
Juana se le había vuelto costumbre, Diana sería para siempre

una mujer pequeña, el gorrión, la *pucelle*, la virgen, la doncella de Orléans, la santa batalladora, pequeña, rubia, el pelo cortado militarmente, para que nadie dudara de su voluntad guerrera, para que le entrara bien el casco de combate: el pelo cortado muy corto, para que ardiera menos en la hoguera. Le dije en silencio que su aureola se la iba a dar Dios. Una gran cabellera incendiada en la noche, arrastrada a lo largo de la noche, sería vista como la estela del diablo.

Santa Juana... Hasta la santidad se vuelve costumbre, la pasión, la muerte, el amor, todo. En las pocas semanas que llevábamos en Santiago, esta recámara era ya un sitio familiar, acostumbrado. Sabíamos dónde encontrarlo todo. Mi ropa aquí. La de ella allá. El breve espacio del baño dividido equitativamente. Es decir: el ochenta por ciento para ella, que viajaba con una variedad lujosa y desconcertante de cremas, lápices, barnices, ungüentos, lociones, perfumes, lacas... Yo, en cambio, sólo necesitaba espacio para mi navaja y mi crema de afeitar, mi peine y mi cepillo de dientes. Me quejé de la pasta Colgate que debía comprar en México, donde las altas tarifas de importación nos dejaban sin mucha elección.

—¿Por qué? ¿Cuál te gusta? —me preguntó Diana.

Entre bromas y veras, dije que la pasta del Capitano, un tubo dentífrico que usaba en Venecia y que me recordaba la pasta hecha en casa por mi abuela en Jalapa. Mi abuela no se fiaba de los productos hechos quién sabe dónde, quién sabe por quién, y que uno acaba por meterse a la boca. Ella trataba de hacerlo todo en casa, su cocina, su carpintería, su costura... La pasta del Capitano me recordaba a mi abuela porque era color de rosa por dentro y blanca por fuera, con el grabado de un ilustre señor bigotón de principios de siglo, presumiblemente el Capitano mismo, dándole una garantía de tradición y seguridad al producto.

Mi abuelo, me dije, se parecía sin duda a este Capitano decimonónico. Mi abuelita se hubiera enamorado de un hombre así, con sus bigotazos, su alto cuello tieso y su corbata de plastrón.

—La pasta del Capitano —reí.

A los tres días, Diana me entregó un paquete con diez tubos de la famosa pasta. Los había mandado traer desde Italia. Así nada más, tronando los dedos, de Roma a Los Ángeles a la ciudad de México, a la ciudad provinciana de Santiago. En tres días, mi amante me cumplía un capricho desproporcionado, inesperado. Al mismo tiempo, lo que me parecía una simple *boutade* de mi parte, ni siquiera una pasión, se instalaba como costumbre en nuestra sala de baño. Yo ya no tenía que *desear* mi pasta de dientes italiana. Aquí estaba, como si me la hubiese mandado desde el cielo Santa Polonia, la santa patrona de los dentistas y los dolores de muelas.

Miré a Diana dormida. Vivía en el mundo de la satisfacción instantánea. Yo sabía que ese mundo existía. Los muchachos de París, en mayo del 68, se habían rebelado, vagamente, contra eso que llamaban la tiranía del consumo, la sociedad que trocaba el ser por el parecer, la adquisición como prueba de la existencia. Un mexicano, por más que viaje por el mundo, está anclado siempre en la sociedad de la necesidad, volvemos a la necesidad que nos rodea por todas partes en México, y si tenemos un poquitín de conciencia, nos cuesta imaginar un mundo donde todo lo que se desea se obtiene inmediatamente, así se trate de una pasta de dientes color de rosa. Siempre me he dicho que el vigor del arte en América Latina se debe a ese riesgo enorme de arrojarse al abismo de la necesidad, con la esperanza de caer de pie en la otra orilla, la de la satisfacción. Ésta nos cuesta mucho, si no por nosotros mismos, sí en nombre de cuantos nos rodean.

Una pasta desde Italia en tres días. Una costumbre, ya no un deseo, ni siquiera un capricho. Agité mi cabeza, como para salir o entrar del sueño de Diana. Todo se vuelve costumbre. Diana duerme del lado derecho de la cama, cerca del teléfono. Yo duermo del lado izquierdo, cerca de un par de libros, un cuaderno de notas y dos bolígrafos. Pero esta noche, al acostarme, alargo la mano para tomar un libro, levanto la mirada y me encuentro con la de Clint Eastwood. Dejé caer el libro, asombrado. La costumbre se había roto. Diana había puesto de mi lado de la cama una fotografía de Clint Eastwood, dedicada, con amor, a Diana. Esa inconfundible mirada lacónica, azul y helada, tan intensa como una bala. El hablar lento y parco, como si la parsimonia del diálogo fuese el lubricante de la velocidad del disparo. Un tabaco flaco y apagado entre los dientes apretados. Era la foto de un guerrero que estuvo en Troya, un Aquiles de cuero y piedra, ahora plantado lejos del mar vinoso de Homero, en medio de una épica sin agua, sin costas, sin velámenes, una épica de sed, el desierto y la ausencia de poetas que canten las hazañas del héroe. Ésa era su tristeza: nadie le cantaba. Clint Eastwood. Un héroe amargo me miraba entre pestañas rubias y bajo cejas de arena. La costumbre establecida se había roto. Debí imaginarlo. Siempre debí saber que ninguna costumbre iba a serlo por largo tiempo al lado de Diana. Su llanto, esta noche, era sólo el recuerdo de las veces en que debió llorar y no lo hizo. Quería preguntárselo un día: —Oye, ¿tú sólo lloras en nombre de las veces que no lo hiciste cuando debías?

La mirada de Clint Eastwood me impidió despertarla en ese instante y preguntarle lo que ya sabía. Ella lloraba hoy porque no lloró cuando debió hacerlo antes. Ella acababa de filmar una película en Oregon con Clint Eastwood. Fue una larga filmación. Duró meses. Fueron amantes. Pero a mí no me correspondía preguntar nada, averiguar nada. A ella tampoco. Ésa sí que era ley no escrita, acuerdo tácito entre los amantes. Los amantes modernos, es decir, liberados. No andar averiguando qué pasó antes, con quién, cuándo, cuánto tiempo. La regla civilizada era no preguntar nada. Si ella quería contarme algo, qué bien. Yo no iba a mostrar curiosidad, celo, ni siquiera buen humor. Yo iba a guardar una tranquilidad absoluta mirando de día y de noche la mirada del guerrero del Oeste puesta a mi lado como quien pone al Sagrado Corazón de Jesús en una cabecera, para que nos bendiga y proteja. No iba a darle el gusto de preguntar nada. Si ella quería decir algo sobre Clint Eastwood y su imagen súbitamente aparecida como un exvoto de gracias junto a la cabecera de nuestro lecho erótico, era cuestión de ella. La pasión, el celo, me decían: reclama, haz una escena, mándala al carajo a la puta gringa ésta. Mi inteligencia me decía, no le des ese gusto. Eso le encantaría. ¿Y qué? ¿Y qué que se enoje conmigo, rompa conmigo, yo me largue, y qué? Y todo. Ésa era la cuestión, que la verdadera pasión, la que yo sentía entonces por ella, me prohibía hacer nada que pusiera en peligro el hecho de estar al lado de ella, nada más. No me engañaba. Había mucho de indignidad, casi perruna, en esto. Me ponía la foto de su anterior galán en las narices y yo me aguantaba. Me aguantaba porque no quería separarme de ella. No quería hacer nada que quebrase el encanto de nuestro amor. Pero ella sí. Esa foto era una provocación. ¿O era la manera como ella misma me indicaba que los dos íbamos a tener otros amores, antes o después del nuestro? No quise ver una ruptura anticipada en todo esto. No podía admitirlo. Negaría la intensidad de mi propia pasión, que era estar con ella, coger con ella, siempre, siempre…

Entre el celo y la ruptura estaba el camino de la tranquilidad, la sofisticación, la reacción civilizada. No darse por enterado. Tomarlo con mucha *sans façon*. ¿Quería colgar fotos de Clint Eastwood por toda la casa? Que lo hiciera. Yo la vería como una especie de quinceañera provocadora, bromista, enajenada, cuyo sarampión sería curado por mi paciente, civilizada madurez. Yo le llevaba diez años. ¿Quería Diana sacarme la lengua? Yo se la chuparía.

Pero yo mismo no dormí tranquilo; mi propia explicación no acababa de satisfacerme. Todo era demasiado fácil. Tenía que haber algo más y esa madrugada, cuando ella despertó a las cinco y se acercó dando y ofreciendo su amor cotidiano, mi respuesta fue casi mecánica y al final, levantándose de la cama, envuelta en la sábana, como si las miradas de Clint Eastwood y su servidor fuesen, juntas, algo demasiado, me dijo esto:

—Señor, lleva usted dos semanas de placer. ¿Cuándo piensa dármelo a mí?

XV

Sobra decir que esa mañana no escribí una sola línea. ¿Cómo iba a ocuparme de los amores de Hernán Cortés y la Malinche cuando los míos se complicaban tan misteriosamente? ¿Qué se dieron, qué pudieron darse un rudo soldado extremeño y una princesa cautiva, y tabasqueña por añadidura? ¿Algo más que la alianza política mediante el sexo? ¿Algo más que la unión, verbal y carnal, de las lenguas? En cambio, Diana se fue a filmar un *Western* ridículo a la Sierra Madre y yo me quedé cavilando sobre el placer que por lo visto yo no le había dado a ella, tomándolo sólo para mí.

Por un momento, casi me convencí de que yo era como todos los hombres, sobre todo los latinoamericanos, que buscan su satisfacción inmediata y les importa un puro carajo la de la mujer. Fui mi mejor abogado; me convencí enseguida de que éste no era mi caso, yo le había prodigado calor y atención a Diana Soren, mi paciencia no estaba en duda, mi pasión tampoco. Ella era tan voraz como yo deseoso de complacerla. Si el placer masculino al que ella se refirió esa mañana era el simple, directo, de montarla y venirme, jamás lo hice sin todos los preámbulos, el *foreplay* que la urbanidad sexual indica para satisfacer a la mujer y llevarla a un punto anterior a la culminación que conduzca, con suerte, al orgasmo compartido, el coito emocionante, hecho por partes idénticas de carne y de espíritu: venirse juntos, viajar al cielo...

¿Fallé en otro capítulo? Los revisé todos. Le pedí felación cuando intuí que ella quería mamar verga, que agarrarla de la nuca y acercarla a mi pene levantado como una esclava dócil era el placer que queríamos los dos. Pero también entendí cuando lo que quería ella era el cunilingüe lento y asombrado con el que mi lengua iba descubriendo el sexo invisible de Diana, avergonzándome de la obstrucción brutal de mi propia forma masculina, güevona, evidente como una manguera abandonada en un jardín de pasto rubio; en ella, en Diana, el sexo era un lujo escondido detrás del vello, entre los repliegues que mi lengua exploraba hasta llegar al pálpito mínimo, nervioso, azogado y azorado, de su clítoris de mercurio puro. Los sesenta y nueves no faltaron, y ella poseía la infinita sabiduría de las verdaderas amantes que conocen la raíz del sexo del hombre, el nudo de nervios entre las piernas, a distancia igual entre los testículos y el ano, donde se dan cita todos los temblores viriles cuando una mano de mujer nos acaricia allí, amenazando, prometiendo, insinuando uno de los dos caminos, el heterosexual de los testículos o el homosexual del culo. Esa mano nos mantiene en vilo entre nuestras inclinaciones abiertas o secretas, nuestras potencialidades amatorias con el sexo opuesto o con el mismo sexo. Una amante verdadera sabe darnos los dos placeres y darlos, además, como promesa, es decir, con la máxima intensidad de lo solamente deseado, de lo incumplido. El amor total siempre es andrógino.

¿Ella misma quería que yo la sodomizara? Lo hice de las dos maneras, poniéndola en cuatro patas para entrar por su vagina desde atrás, o lubricando su ano para entrar, desgarrándolo, al capullo de su mayor intimidad. Untos se los di, la regué con champaña una noche, rociándonos los dos entre carcajadas; de su espléndido aroma vaginal de frutas maduras ya hablé; le rocié mi loción masculina en las axilas y entre las piernas; ella me escondió su propio perfume detrás de mi oreja, para que durara siempre allí, dijo; yo mismo la engalané como a una Venus doméstica con la espuma de mi tarro de afeitar (Noxzema) y una tarde de domingo aburrida le afeité los sobacos y el pubis, guardándolo todo en otro tarro abandonado de mermelada, hasta que floreciera o se corrompiera atrozmente, qué sé yo…

Acabé riéndome con ganas de todas estas pendejadas, recordando para acabar (lo creí en ese momento) la maravillosa frase del moribundo y cachondo millonario Volpone en la comedia de Ben Johnson:

—A mí me gustan las mujeres y los hombres, del sexo que sean…

¿Era eso lo que nos faltaba: compartir el sexo con otros, era ése el placer al que se refería Diana? ¿Qué quería? ¿Un *ménage a trois*? ¿Con quién? ¿Con el *stuntman* que yo le serví para neutralizar? Entonces, ¿para qué meterlo en una triada? Ella acabaría sola con él; de esa vuelta de tuerca yo no me privaría: la dejaría sola con el hombre que yo serví para alejar, sola con él y sin el *ménage a trois*… La *partouze*, la orgía francesa, tampoco me parecía muy interesante o factible con un viejo actor, una peinadora que mascaba chicle, una austera dama de compañía española, un director chaparro, obeso y barbudo y un *camera man* que proclamaba su adhesión al culto de Onán como placer salvador y seguro de las prolongadas locaciones cinematográficas…

¿Con animales?

¿Fetichismo?

El espejo. Quizá no habíamos jugado bastante con los espejos.

No pude desarrollar esta fantasía, porque al mirar al espejo que cubría una de las puertas del clóset, miré reflejada la mirada del Vaquero Metafísico, Clint Eastwood, y caí en la cuenta. Ya sabía lo que deseaba Diana.

Desnudos en la cama, esa noche la sentí fría y le pregunté si tenía ganas de hacer el amor.

—¿Por qué mejor no me preguntas si me gusta hacer el amor contigo? —dijo haciéndose un ovillo entre las sábanas.

—Está bien. Te lo pregunto.

—¿Qué?

—¿Te gusta hacer el amor conmigo?

—Tonto —me dijo con su sonrisa más fulgurante, más hoyuelesca.

—A mí me gustaría hacerte el amor en nombre de todos los hombres que te han hecho el amor —le dije acercándome bruscamente a su oído.

—No digas eso —ella tembló un poco.

La tomé de la cintura. —No sé si debo decírtelo.

—Somos libres. No nos guardamos nada, tú y yo.

—Hay algo más que me gusta de ti. Pretendes que estamos solos cuando cogemos.

—¿No lo estamos?

—No. Cuando nos acostamos yo veo pasar por tu piel a una multitud de hombres, desde tu primer novio hasta tus amantes ausentes pero vigentes...

Miré de reojo la foto de la estrella de *Por un puñado de dólares* y sentí un escalofrío.

—Sigue, sigue...

Ya no sabía lo que estaba haciendo con mis manos. Sólo conocía mis palabras.

—¿Puede haber sexo sólo entre los dos?

—No, no...

—¿Te gusta saber que pienso en todos los hombres que te han gozado antes cuando yo mismo te cojo?

—¿Te atreves a decírmelo?

—¿No lo sabes tú, Diana? ¿No te gusta también?

—No me digas eso, por favor.

—¿No te desilusiono si te digo esto?

—No —casi gritó—. No, me gusta...

—¿Pensar que conmigo se acuestan contigo todos los hombres que te han cogido en tu vida?

—Me gusta, me gusta...

—Creí que no te iba a gustar...

—No digas nada. Siente como estoy sintiendo...

—¿Por qué no nos atrevemos a sentir este placer si tanto nos gusta?

—¿Cuál placer? ¿Qué dices?

—Este placer. El que te doy pensando que soy otro, el que tú sientes imaginando que yo también soy otro, admítelo...

—Sí, me gusta, me vuelve loca, no pares...

—Quisiera que todos ellos estuvieran aquí, viéndonos coger a ti y a mí...

—Sí, yo también, no te detengas, sigue...

—No te vengas todavía...

—Es que me estás dando muchas vergas hoy...

—Aguántate, Diana, nos están mirando, todos, desde ese espejo nos miran y nos envidian...

—Dime que a ti también te gusta que ellos nos miren.

—Me gusta que pretendas que lo hacemos solos. Me gusta saber que te gusta...

—Me gusta me gusta me gusta...

Cuando terminamos, ella se volteó hacia mí, entrecerró los ojos grises (¿azules?) como una broma olvidada y me dijo:

—Qué poca imaginación tienes.

XVI

Con razón o sin ella, yo he vivido para escribir. La literatura, casi desde la infancia, ha sido para mí el filtro de la experiencia, desde el temor a un castigo paterno hasta la noche de amor más reciente. Sexo, política, alma, todo pasa para mí por la experiencia literaria. La expectativa del libro refina y fortalece los datos de la vida vivida. Quizá nada de esto sea cierto o, en realidad, sea al revés: la imaginación literaria es la que determina, provoca, las demás situaciones "reales" de mi vida. Pero si es así, yo no me entero. Sí quisiera tener conciencia de que para mí la realidad no es un hecho simple porque se defina por una sola de sus dimensiones. Hay gente para la cual la realidad es sólo un mundo objetivo, concreto: la silla es la silla, la montaña siempre ha estado allí, la nube pasa pero obedece a las leyes de la física: todo esto es real. Para otras personas, no hay más realidad que la interna, la realidad subjetiva. La mente es una vasta sala desamueblada que se va llenando poco a poco, mientras vivimos, del mobiliario de las percepciones. El mundo objetivo existe, pero carece de sentido si no pasa por el tamiz de mi mente. La subjetividad le da realidad a un mundo de objetos mudos, inánimes. Pero hay una tercera dimensión que es donde mi individualidad entra en contacto con los demás, con mi sociedad, con mi cultura. Es decir, existe algo que no es ni paradoja ni imposibilidad, y se llama la individualidad colectiva. En ella es donde me siento más logrado, más satisfecho, en mejor consonancia con el mundo. Es en esa individualidad compartida donde hallo a la familia, a las mujeres y al sexo, a los amigos... Así, la realidad para mí es una estrella de tres picos, la materia, la psique y la cultura. La realidad material, la realidad subjetiva, y la realidad del encuentro de mi yo con el mundo. No me gusta sacrificar ninguna de ellas. Sólo cuando las tres se hacen presentes, puedo decir que soy feliz.

Nuestros juegos de salón nocturnos continuaron y uno de ellos era el scrabble, el juego de las palabras formadas por fichas sobre un tablero. Gana el que forma más palabras con las letras que le tocan en suerte. La combinación alfabética cambia según las lenguas, pues el castellano abunda en vocales y el inglés, en cambio, prodiga las consonantes. Las w, las sh, y las dobles tt, mm o ss, forman en inglés conjunciones inconcebibles en castellano. Nosotros, en cambio, tenemos ese clítoris de la lengua, la ñ, que vuelve locos a los extranjeros porque les parece una extravagancia hispánica, medieval, comparable a la Santa Inquisición, cuando en realidad es una letra futurista, que abraza y suprime los trabajosos coitos del gn en francés, el nh en portugués o el impronunciable ny inglés.

Jugábamos como una familia aburrida y bien establecida los tres, Diana, Lew y yo, con un alfabeto inglés. Aunque conozco bien la lengua inglesa, no me pertenece ni le pertenezco. Nunca he soñado en inglés. Mentalmente, hablo esa lengua traduciendo velozmente del español. Esto se nota por que abundan en mi inglés las paronimias españolas, las locuciones de origen latino y árabe, más que las de raíz sajona y germánica. Mi error, esta noche, fue tener ante mi mirada la palabra *wheel* (rueda) perfectamente formada y con cinco espacios seguidos para completarla y ganar formidables puntos. Sólo se me ocurría *wheelbarrow* (carreta) porque a veces tarareaba una linda canción irlandesa, "Molly Mallone", que araba las calles largas y estrechas con su carretilla (*she plowed her wheelbarrow through the streets long and narrow*), pero esa palabra requería seis espacios, y además yo no tenía las letras necesarias. Tuve que pasar y Lew, en cambio, llenó ese codiciado espacio del juego con sus cinco letras, *house*, para formar la palabra sajona *wheelhouse*, timonera. Dije desconocer esa palabra. Diana me miró con sorna. Volteó violentamente las letras que descansaban en mi atril y me demostró que pude haber llenado el espacio con *chair*, *wheelchair*, que significa, simplemente, silla de ruedas.

—¿Así que piensas enseñar en una universidad de los Estados Unidos? —me dijo con un tono de ironía insoportable—. Vete con cuidado. Los estudiantes te van a enseñar a ti.

—¿Lo saben todo o sólo creen saberlo?

—Saben más que tú, eso tenlo por seguro —dijo Diana y Lew bajó la mirada y pidió que siguiéramos jugando.

Fue el propio Lew Cooper el que sugirió otro juego para nuestras noches de tedio durangueño. Imaginemos, dijo, que somos Rip Van Winkle y nos dormimos veinte años. Al despertar, ¿qué clase de país nos encontramos?

—¿México o los Estados Unidos? —pregunté para dejar claro que había más de un país en el mundo.

Me miraron como si fuera de veras tarado.

Cooper cayó enseguida inevitablemente, en el tema de la pérdida de la inocencia que tanto obsesiona a los gringos. Yo siempre me he preguntado cuándo fueron inocentes, ¿al matar indios, al entregarse al destino manifiesto y desatar sus ambiciones continentales, del Atlántico al Pacífico? ¿Cuándo? En México sentimos devoción por los cadetes que se arrojaron de lo alto del alcázar de Chapultepec antes que rendirse a las tropas invasoras del general Winfield Scott. ¿Fueron unos adolescentes perversos que se negaron a entregarle sus banderas a la inocencia invasora? ¿Cuándo fueron inocentes los Estados Unidos? ¿Cuando explotaron el trabajo negro esclavizado, cuando se masacraron entre sí durante la Guerra de Secesión, cuando explotaron el trabajo de niños e inmigrantes y amasaron colosales fortunas habidas, sin duda, de manera inocente? ¿Cuando pisotearon a países indefensos como Nicaragua, Honduras y Guatemala? ¿Cuando arrojaron la bomba sobre Hiroshima? ¿Cuando McCarthy y sus comités destruyeron vidas y carreras por mera insinuación, sospecha, paranoia? ¿Cuando defoliaron la selva de Indochina con veneno? Reí para mí, guardándome mi posible respuesta a la pregunta del juego Rip Van Winkle. Sí; quizá los Estados Unidos sólo fueron inocentes en el Vietnam, por primera y única vez, creyendo que podían, como dijo el general Curtis Le May, jefe de la fuerza aérea de los Estados Unidos, "bombardear a Vietnam de regreso a la edad de las cavernas". Qué asombroso debió ser para el país que nunca había perdido una guerra, estarla perdiendo precisamente ante un pueblo pobre, asiático, amarillo, étnicamente inferior en la mente racista que, flagrante o suprimida, vergonzosa o combatida, todo gringo tiene clavada como una cruz en la frente.

Hablaban los dos norteamericanos, y yo, quizá porque ambos eran actores, imaginé que la famosa inocencia era sólo una imagen de autoconsolación promovida, sobre todo, por el cine, por la literatura; desde el principio, desde el torturado puritanismo de Hawthorne, las pesadillas nocturnas de Poe y las diurnas de James, no ha habido inocencia, sino temor a la fuerza oscura que cada ser humano lleva dentro de sí; el yo enemigo es el protagonista de *Moby Dick*, por ejemplo, no un cetáceo. De acuerdo, esto casi es una definición de la buena literatura, la épica del yo enemigo... No sé si Tom Sawyer y Huck Finn son de veras inocentes o apenas un buen deseo bucólico en el que el contacto con la familia (Tom) o con el tío (Huck) los distrae momentáneamente de los deberes de ganar dinero, sujetar al inferior y practicar la arrogancia como derecho divino. En todo caso, Mark Twain no era inocente, era irónico, y la ironía, según su inventor moderno Kierkegaard, es negativa, "un desarrollo anormal que... como los hígados de los gansos de Estrasburgo, acaba por matar al individuo". Pero, al mismo tiempo, es una manera de llegar a la verdad porque limita, define, hace finito, abroga y castiga lo que creemos ser cierto.

En el cine americano sí que se crea el mito de la inocencia, sin ironía alguna. Mis ojos infantiles están llenos de esas figuras del campo, provenientes del pequeño poblado rural, que llegan a las ciudades y se exponen a los peores peligros luchando contra el sexo (Lillian Gish), las locomotoras (Buster Keaton), los rascacielos (Harold Lloyd). Cómo gocé, de niño, las películas sentimentalmente inocentes de Frank Capra donde el valiente Quijote pueblerino, Mr. Deeds o Mr. Smith, vence con su inocencia a las fuerzas de la corrupción y la mentira. Era un bello mito, consonante con la política moral y humanista de Franklin Roosevelt. Puesto que el Nuevo Trato fue seguido por la guerra mundial y la lucha contra el fascismo, que no sólo era inocente, sino que era diabólico, los norteamericanos (y nosotros con ellos) se creyeron totalmente el mito de la inocencia. Ellos, gracias a su virtud, salvaron dos veces al mundo, derrotaron las fuerzas del mal, identificaron y aniquilaron a los villanos perfectos, el Káiser y Hitler. Cuántas veces he oído a norteamericanos de todas las clases decir: "dos veces fuimos a salvar a Europa este siglo. Debían ser más agradecidos". Para ellos, como en las "novelas internacionales" de Henry James, Europa es corrupta, los Estados Unidos son inocentes. No creo que haya otro país, sobre todo otro país tan poderoso, que se sienta inocente o haga alarde de ello. Los hipócritas ingleses, los cínicos franceses, los orgullosos alemanes (los inculpados y autoflagelantes alemanes tan ayunos de ironía), los violentos (o lacrimosos) rusos, ninguno cree que su nación haya sido jamás inocente. Los Estados Unidos, en consecuencia, declaran que su política exterior es totalmente desinteresada, casi un acto de filantropía. Como esto no es ni ha sido nunca cierto para ninguna gran potencia, incluyendo a los Estados

Unidos, nadie se lo cree, pero el autoengaño norteamericano arrastra a todos al desconcierto. Todos saben qué clase de intereses se juegan, pero nadie debe admitirlo. Lo que se persigue, desinteresadamente, es la libertad, la democracia, salvar a los demás de sí mismos.

Imaginé a Diana de niña, oyendo sermones luteranos en una iglesia de Iowa. ¿Qué podía caber en una cabeza infantil cuando un pastor le decía que los hombres son todos culpables, inaceptables, condenados, y sin embargo, Cristo los acepta, a pesar de su inaceptabilidad, porque la muerte de Cristo dio satisfacción sobrante por todos nuestros pecados? Una doctrina de ese tamaño, ¿nos condena a vivir tratando de justificar la fe de Cristo en nosotros? ¿O nos condena a ser totalmente irresponsables, puesto que nuestros pecados ya han sido redimidos en el Gólgota?

Las palabras del viejo actor andaban muy lejos de mis cavilaciones. Su Rip Van Winkle se despertaba y no reconocía al país fundado por Washington y Jefferson. Lew Cooper veía lo que él mismo vivió con los ojos abiertos. Veía la terrible necesidad puritana de contar con un enemigo visible, resignable, indubitable. El mal norteamericano era la obsesión maniquea que sólo comprende al mundo dividido en buenos y en malos, sin redención posible. Cooper decía que ningún norteamericano puede vivir tranquilo si no sabe contra quién está luchando. Disfraza esto diciendo que debe conocer al malo para defender a los buenos. Pero cuando Rip Van Winkle despierta, una y otra vez, descubre que los buenos, para defenderse, han asumido las características de los malos. McCarthy no persiguió a los comunistas que veía debajo de los colchones. Persiguió y humilló y deshizo a los demócratas con los mismos métodos que Vichinsky empleó en la Unión Soviética para combatir nada menos que a los comunistas. Las víctimas del macartismo, del Comité de Actividades Antinorteamericanas, del Comité Dies, de todos esos tribunales de la Inquisición puestos al día, fueron

Washington, Jefferson, Lincoln, dijo con una gran melancolía Cooper. Nos condenamos a nosotros mismos. Rip Van Winkle prefiere meterse de vuelta en el hueco de un árbol y dormir veinte años más. Sabe que al despertar va a encontrarse con lo mismo.

—¿Un país que a pesar de todo no ha estado a la altura de sus ideales? —les pregunté a mis compañeros de juego.

—Sí —dijo Cooper—. Ningún país lo ha estado. Pero los demás son más cínicos. Nosotros somos idealistas, ¿no lo sabías? Siempre estamos del lado del bien. Donde estamos nosotros, allí está el bien. Cuando no creemos esto nos volvemos locos.

—No deberíamos salir nunca —dijo con gran sencillez Diana. La recuerdo en ese momento sentada en el tapete, con las piernas cruzadas y las manos unidas sobre el regazo.

—La novela de Thomas Wolfe que se llama *You can't go home again*... Nunca puedes regresar a casa... Ése es el título más verdadero de toda la literatura americana... Sales de tu casa y ya nunca puedes regresar; por más que quieras... —agregó Diana con mirada cansada.

Le pregunté con la mía si era su caso. Sacudió la cabeza.

Dijo que cuando regresó de vivir en Francia encontró toda una nueva generación en California, en el Medio Oeste, en la Costa Este, que quería dar lo mejor de sí y no la dejaban.

Era tan grande el contraste entre los ideales de los jóvenes en la década que acababa de pasar, los sesenta, y la corrupción, la mentira gigantesca de los gobernantes, la violencia que estallaba por todos los orificios de la sociedad... Diana contó esa noche lo que estaba en la mente de todo el mundo, pero lo contó como lo que era, una muchacha del Medio Oeste que se había ido a dormir a París y luego, como Rip Van Winkle, había regresado en los sesenta a las vorágines del asesinato de los Kennedy y de Martin Luther King, la muerte de decenas de miles de muchachos salidos de los pueblecitos rurales a las selvas asiáticas, los muertos de Vietnam, los soldados drogados, los muertos inútiles, para nada, menos mal que al frente no iban los muchachos blancos, sino los negros y los chicanos, la carne de cañón, y en el país un coro de mentirosos diciendo que estábamos conteniendo a China, salvando la democracia vietnamita, impidiendo la caída de los dominós... Johnson, Nixon, los magnavoces de la hipocresía, la ignorancia, la estupidez, ¿cómo no se iba a desengañar una generación entera, cómo no iban a acabar ametrallando estudiantes en Kent State, apaleando manifestantes en Chicago, encarcelando a los panteras negras? ¿Para qué? —subió el tono de Diana, parecía despertar ella misma de un sueño larguísimo detrás de una pantalla plateada que era su propia mirada al mundo—. No para hacer fortunas, no para corromperse vulgarmente, por más que enriquecieran a cien contratistas y a una docena de grandes compañías que trabajaban para la defensa, eso está bien, eso hasta lo entiendo, pero me vuelve loca la capacidad de estos canallas, para enamorarse de su propio poder, creen en su poder como algo no sólo duradero, sino importante, Dios mío, los muy cretinos creen que su poder importa, no saben que lo único que importa es la vida de un muchacho que mandaron a morir inútilmente en una selva asiática, un muchacho azorado que para justificar su presencia allí incendió una aldea y mató a todos sus habitantes, si no, ¿para qué estaba allí, para qué servía esa subametralladora cuya fabricación le había dado trabajo a miles de obreros y sus familias, una sola subametralladora le daba el poder a Lyndon Johnson, a Richard Nixon, a la Diosa Mentira, a la Puta Poder? Diana Soren se desbarrancaba, su voz iba cayendo en un abismo extraño, hueco, iba a volver a dormir veinte años más con tal de no saber lo que pasaba en ese hogar al que nunca se podía regresar... América era lo que sucedía *fuera* del sueño.

Apretó el botón de su casetera y se escuchó la voz de José Feliciano cantando *Light My Fire*. Cooper se incorporó indignado y apagó el aparato. Parodió la voz de Feliciano. En esto habíamos caído. Ésta era la música de hoy, música salvaje de cretinos, *baby light my fire*, hizo una mímica atroz y pidió permiso para retirarse a dormir.

XVII

Bien asentada mi prerrogativa de permanecer en casa y escribir todo el día, caí una mañana, de sorpresa, en la locación de la película. Diana no se enfadó por no haberle avisado, me recibió con grandes muestras de alegría, me mostró y presentó con todo el mundo y me invitó a tomar un café en su tráiler. Era el mismo que usamos en los Estudios Churubusco en México. Ahora, dijo ella con ojos pícaros, no tenemos que usarlo como entonces. ¿Por qué no...?, le contesté.

Cuando salimos del tráiler, la maquillista y la peinadora la esperaban impacientes. El director estaba inquieto. El día nublado iba a aclararse. Él miraba al cielo a través de un aparatito muy fino y misterioso guiñando un ojo, arrugando toda la cara, como si esperara instrucciones de lo alto para seguir rodando y ahorrarle dinero a una compañía que sin duda operaba a la vera de Dios con su bendición y mandato.

El paisaje de las montañas de Santiago se desmorona y reconstruye según los caprichos de la luz. Caminé por la llanura hacia las montañas que acumulaban toda la sombra del día, meciéndose como árboles bajo el engaño del firmamento. Unos chicos jugaban futbol en una cancha improvisada. El espectáculo era cómico, porque las cabras no respetaban la zona demarcada para el juego y lo invadían a cada rato; entonces los muchachos dejaban de ser pelés campiranos y revertían a su condición de cuidadores de rebaños. Un tropel de borregos pachones, la lana enroscada como una sucia peluca de magistrado inglés, bajó precipitadamente hasta la cancha y el muchacho que los cuidaba fue recibido a silbidos e insultos por los jugadores. Uno de ellos se le fue encima, le arrebató la vara de pastor y comenzó a pegarle con ella. Corrí a detenerlo, los separé, traté de abusivo al agresor, que era más alto que el agredido, y de montoneros a los equipos que se disponían, también a vengarse de los borregos que desdibujaban los límites, trazados con gis, del campo deportivo.

—Ya déjenlo, montoneros. No es su culpa.

—Sí es su culpa —dijo el grandulón—. Es un creído. ¿Qué se anda creyendo? Nomás porque fue Benito Juárez.

Esta alusión me pareció tan insólita que me dio risa primero y curiosidad enseguida. Miré con atención al muchacho agredido. No tendría más de trece años, su aspecto era muy indígena, sus mejillas eran como dos jarritos de barro cuarteado, los ojos tenían una tristeza heredada, pasada de siglo en siglo. Vestía camisa, overol, sombrero de petate, huaraches y hasta cuidaba un rebaño. Era de verdad una repetición de Benito Juárez, que hasta los doce años no habló el español, fue pastor analfabeta y luego, ustedes ya lo saben, presidente, vencedor de Maximiliano y los franceses, Benemérito de las Américas y especialista en frases célebres. Su imagen impasible está en mil plazas de cien ciudades mexicanas. Juárez nació para ser estatua. Este niño era el original.

Le ofrecí una coca y nos fuimos caminando hacia la locación.

—¿Por qué te atacan?

—Les dio mucha muina que yo fuera Juárez.

—Cuéntame cómo estuvo eso.

Me dijo que un año atrás, una compañía de televisión inglesa estuvo aquí filmando una película y le ofrecieron que hiciera el papel del niño Juárez cuidando su rebaño. Todo lo que tuvo que hacer fue pasar con los borregos frente a las cámaras. Le dieron diez dólares. Los demás muchachos nomás lo miraron con coraje, pero él se gastó una parte del dinero invitándoles cocas a todos, aunque la mayor parte se la entregó a su papá. Los muchachos no se calmaron. Le agarraron tirria, lo aislaron. Él le preguntó a los ingleses, ¿cuándo sale la película, la podré ver? Ellos le dijeron que en un año. Seguramente sería anunciada en los periódicos y en las guías de TV. Él les dijo esto a los muchachos y sólo sirvió para que lo agarraran de puerquito. ¿Cuándo te vamos a ver en la tele, Benito; qué, te van a hacer estrella de cine, Benito? Qué se me hace que fueron puras papas, Benito.

Me preguntó si yo sabía si la película se había estrenado y cuándo se vería aquí en Santiago, para callarles la boca a todos estos bueyes.

No, le dije, yo no sé nada, nunca he oído hablar de esa película…

El chamaco apretó los labios y dejó la coca cola a medio consumir. Pidió permiso para irse a ocupar del rebaño.

Regresé a la locación. El *stuntman* estaba haciendo una escena ante las cámaras en la que domaba a un potro salvaje. Usaba la ropa del actor principal, que lo miraba desde su silla plegadiza, bebiendo un *bloodymary*. El director ordenaba un disparo para poner nervioso al potro y entonces el *stuntman* entraba a dominarlo. Buscaba con su mirada a Diana, sentada al lado del actor, y el director interrumpía para regañarlo, no tenía por qué mirar a los actores, no se trataba de obtener la aprobación de nadie. ¿No se daba cuenta de que estaba solo en una montaña mexicana domando un potro salvaje, no sabía a estas alturas que hay una ilusión escénica que consiste en negar la cuarta pared del escenario, la que se abre al público, a la ciudad, al mundo, a la magia?, se volvió muy elocuente el director en cuya mirada yo reconocía al estudiante de las artes de Stanislavsky y Lee Strasberg, reducido (o magnificado, según se le mire) a este puesto de creador de un arte donde el arte jamás debe hacerse notar. Estaba bien, me dije. Era un buen compromiso. En manos de un Buñuel, de un Ford, de un Hitchcock, era el *mejor* compromiso: decirlo todo con un arte que, de tan superior e intenso, no se notaba, fundiéndose con la limpieza de la ejecución técnica. Un arte idéntico a la mirada.

El *stuntman* lo tomó a broma, se rió y dijo en voz alta:

—Que venga el escritor mexicano a domarlo. Se supone que ellos son grandes jinetes, los mexicanos.

—No —grité de vuelta—, yo no sé montar. Pero tú no sabes escribir un libro.

No me entendió, o era muy lerdo, porque el resto del día se dedicó a hacer cosas prácticas, movió tráilers, amarró cables, levantó máquinas, arreó caballos, probó rifles y contó cartuchos de salva en voz alta, todo como si quisiera impresionarme con su habilidad mecánica, a mí que no sé ni manejar un auto ni cambiar una llanta. Su exhibicionismo físico me confortaba, sin embargo. Alguna vez, cuando la peinadora me contó que desde Oregon el *stuntman* andaba tras de Diana, lo imaginé dentro del tráiler con ella mientras yo permanecía en Santiago escribiendo más cuartillas con desgano y desengaño crecientes. Ahora, viendo sus baladronadas machistas, me convencí de que jamás la había tocado. Mostraba demasiado, insistía, no estaba seguro, no era un rival...

De regreso a Santiago, Diana se recostó sobre mi hombro y jugó con mis uñas, excitándome. Cruzamos en el automóvil al lado del niño que fue Juárez y le conté la historia a Diana.

—¿Qué le dijiste?

—La verdad. Que no sabía nada.

Ella soltó un ruido gutural que sofocó en seguida, llevándose la mano a la boca, soltando mis uñas.

—Qué mal has hecho.

—No te entiendo.

—¿Cómo vas a entender? Tú eres el hombre que siempre tiene la mesa puesta, tú no sabes lo que es luchar, salir del hoyo...

—Diana...

—Debiste decirle que sí, ¿no te das cuenta?, debiste decirle que lo viste, que estuvo estupendo, que la película es un éxito en todas partes, que pronto vendrá aquí a Santiago y le callará la boca a sus amigos...

—Pero eso es una ilusión...

—¡El cine es una ilusión! —sus ojos gritaron más que su voz.

—Me niego a darle falsas esperanzas a esta gente. Es peor. Te juro que luego resulta peor. La caída es desastrosa.

—Pues yo creo que hay que darle una mano al que la necesita, todos necesitamos que nos den una mano...

—Una limosna, quieres decir...

—Okey, eso, una limosna...

—Para que nunca salgan de limosneros. Detesto la caridad, la filantropía...

Se apartó de mi contacto, como si la quemara, helada ella misma.

—Mañana mismo voy a buscar a ese niño.

—Vas a hacerlo más desgraciado, te digo.

—Voy a buscar esa película, la voy a traer aquí, se la voy a mostrar al niño, a su familia, a sus amigos...

—Lo van a odiar más que nunca, lo van a envidiar, Diana, y no habrá secuelas, no hará otra película...

—Qué poca imaginación tienes, te digo que careces por completo de imaginación y de compasión también...

—Para ti todo son pastas de dientes italianas...

Nos dimos las espaldas, mirando atentamente hacia un paisaje sin interés, abolido, borrado.

XVIII

—Dejaste la puerta abierta.

—Te equivocas. Mírala. Está bien cerrada.

—Me refiero a la puerta del baño.

—Sí. Está abierta. ¿Y qué?

—Te he pedido que la tengas siempre cerrada.

—Es que en este momento estoy entrando y saliendo constantemente.

—¿Por qué?

—Por lo que tú gustes. Porque me dio súbitamente la venganza de Moctezuma, porque...

—Mientes. Eso no les pasa a ustedes. Lo reservan para nosotros.

—La diarrea no conoce fronteras ni culturas, ¿sabes?

—Eres de una vulgaridad espantosa.

—¿Qué más te da que la puerta del baño esté abierta o cerrada?

—Es un favor que te pido.

—Qué mona. Menos mal que no me das órdenes. Estoy en tu casa.

—No he dicho eso. Sólo te pido que respetes...

—¿Tu manía?

—Mi inseguridad, estúpido. Soy muy parcial a lo que está abierto o cerrado, tengo miedo, ayúdame, respétame...

—¿Nuestra relación va a depender de que yo cierre o deje abierta la puerta del baño?

—Es una cosa muy pequeña. Y sí, estás en mi casa...

—Y tú en mi país.

—Comiendo mierda, es verdad.

—Podemos regresar a Iowa a comer fritangas en celofán, hamburguesas de carne de perro, cuando gustes...

—Si no respetas mi vulnerabilidad, puedes tomar para ti otro baño y dejarme éste sólo para mí...

—También puedo irme a dormir a otra recámara.

—Te estoy pidiendo un favor pequeñísimo. Deja cerrada la puerta del baño. Me dan miedo las puertas de baño abiertas, ¿ya?

—Pero no te importa dormir con las cortinas de la ventana apartadas.

—Eso me gusta.

—Pues a mí no. Entra un sol bárbaro muy temprano y no me deja dormir.

—Te presto un antifaz de American Airlines.

—Tú te levantas al alba, está bien. Pero yo me quedo con una jaqueca de la chingada.

—Ve a la farmacia y cómprate una aspirina.

—¿Por qué insistes en dormir con las cortinas apartadas?

—Estoy esperando.

—¿A quién? ¿A Drácula?

—Hay noches muy hermosas en las que la luna invade una recámara, la transforma y te transporta a otro momento de tu vida. Quizás eso ocurra otra vez.

—¿Otra vez?

—Sí. La luz de la luna dentro de una recámara, dentro de un auditorio, eso transforma al mundo, en eso sí puedes creer.

—Me has dicho que no crea en tu biografía.

—Sólo en las imágenes que yo te vaya ofreciendo.

—Perdóname. Dejaré la puerta cerrada. Que no se vaya a escapar ni un rayo de luna.

—Gracias.

—Si es que entra una noche.

—Va a entrar. Mi vida depende de ello.

—Me parece que quieres decir: mi memoria.

—¿Tú no recuerdas una noche que quisieras recuperar?

—Muchas.

—No, no puede ser "muchas". Una sola o nada.

—Tendría que pensarlo.

—No. Imaginarlo.

—Dime qué utilería me hace falta, Duse.

—No te rías.

—Duse meduse.

—Hace falta nieve.

—¿Aquí…?

—Nieve todo el tiempo. Nieve durante las cuatro estaciones del año. No lo imagino sin nieve. Nieve afuera. Un círculo. Un teatro circular. Un auditorio. Un tragaluz. La noche. Yo recostada en el escenario. Solos los dos. Él encima de mí. Buscando con su mano. Levantando mi faldita.

—¿Así?

—Explorándome con una ternura maravillosa que ningún otro hombre ha sabido darme.

—¿Así?

—Paciente, explorando, levantándome la faldita, metiendo la mano entre mis calzoncitos, buscando en la oscuridad…

—¿Así?

—Hasta que pasa la luna y la luz nos inunda, la luz de la luna ilumina mi primera noche de amor, mi amor…

—Así, así…

—Así. Por favor, pronto.

—Pero no hay luna. Lo siento.

—¿Qué?

—Que la luna no está allí. Vamos a tener que esperarnos. O si quieres, compro una de papel y te la cuelgo sobre la cama.

—No tienes imaginación, ya te lo dije.

—Oye, no llores, no es para tanto.

—Casi. Casi lo lograste. Qué lástima.

—Toma.

—¿Qué haces? ¿Qué es eso?

—Un regalo. A cambio de la pasta de dientes.

—Has matado mi imaginación. No tienes derecho.

—Ya son las tres de la mañana. Tienes que levantarte muy temprano. ¿Se te ofrece algo más?

XIX

Las autoridades de Santiago le ofrecieron una cena al equipo de filmación. Un patio del Ayuntamiento colonial fue preparado con mesas, sillas y decorado con papel picado y faroles chinos. Los funcionarios se distribuyeron equitativamente: el señor gobernador con el director, el presidente municipal con el actor y su novia, Diana y yo con el comandante de la zona militar, un general de aspecto llamativamente oriental. Dicen que el general francés Maxime Weygand era hijo natural de la emperatriz Carlota y de un tal coronel López, edecán de Maximiliano que lo traicionó dos veces: primero con la emperatriz, en seguida en el sitio republicano de Querétaro, donde López le abrió el camino a los juaristas para que capturaran al emperador austriaco. Para entonces, Carlota ya se había marchado a Europa, a pedirle ayuda a Napoleón III, otro traidor, y al papa Pío IX. Se volvió loca en el Vaticano y fue la primera mujer (oficialmente) en pasar la noche en las recámaras pontificiales.

¿Se volvió loca o éste fue el pretexto para disimular su embarazo y su parto? Ella ya no salió más del encierro de su castillo y al joven cadete "Weygand", nacido en 1867 en Bruselas, el gobierno real de Bélgica le pagó los estudios en St. Cyr y llegó a ser jefe del estado mayor de Foch en la Primera Guerra y supremo comandante aliado al iniciarse la Segunda. Debió llamar la atención en Francia este militar de rostro manchú, pómulos altos, nariz maya, labios delgados como una navaja y coronados por un bigotillo escaso, muy recortado, apenas una sombra. De estatura baja, de huesos finos y empaque tieso, con el pelo negro rapado en las sienes, describo al general Weygand sólo para describir al general Agustín Cedillo, comandante de la zona militar de Santiago. Lo asocio en el imperio impuesto por Napoleón III a México porque, además, en uno de los balcones del patio subsistían, sin duda por un descuido republicano, las armas del imperio: el águila con la serpiente pero coronada y al pie del nopal el lema: EQUIDAD EN LA JUSTICIA.

Sentado frente a mí, y al lado de Diana, nos miraba curiosamente, de soslayo a ambos, como si su mirada directa la reservase para las grandes ocasiones. Imaginé que éstas podían ser sólo las del desafío y la muerte. No me cupo duda: este hombre miraría directamente a un pelotón de fusilamiento, para dar la orden de fuego, o para recibirlo, con igual ecuanimidad. Se cuidaría, en cambio, de mirar directamente a nadie en la vida diaria, porque en nuestro país, y entre hombres, una mirada directa es una mirada de desafío y provoca una de dos reacciones. La del cobarde es bajar la mirada, agacharse e irse de lado, como dice la canción. La del valiente es sostenerle la mirada al otro para ver quién la baja primero. La situación se precipita cuando uno de los dos valientes pronuncia las palabras rituales: "¿Qué me mira?" La violencia crece si se usa la forma familiar del tuteo: "¿Qué me miras?", y ya no tiene remedio si añade un insulto directo: "¿Qué me miras, buey, pendejo, cabrón?"

Conocedor del protocolo de la mirada en México, miré de lado al general Cedillo, igual que él nos miraba a Diana y a mí, y paseando la mía por el patio, vi que esta actitud se repetía de mesa en mesa. Todos evitaban verse directamente a los ojos, salvo los inocentes gringos del equipo. El gobernador miraba de reojo al comandante y éste al gobernador; el alcalde trataba de evitar las miradas de ambos y yo vi, en un rincón del patio, a un grupo de jóvenes de pie, entre ellos el muchacho que se me había acercado en la plaza a proponerme un diálogo, el chico de bigotes zapatistas y ojos lánguidos llamado Carlos Ortiz, mi tocayo.

El comandante se fijó en mi mirada y me dijo sin mover la suya: —¿Conoce usted a los estudiantes de aquí?

Le dije que no, sólo por casualidad, uno que otro había leído mis libros.

—Aquí no hay librerías.

—Qué pena. Y qué vergüenza.

—Eso mismo digo yo. Los libros hay que traerlos desde México.

—Ah, son importaciones exóticas —dije con mi sonrisa más amable, pero cayendo en el instinto humorístico y travieso que normalmente me provocan las conversaciones con las autoridades—. Subversivas, quizás.

—No. Aquí lo que sabemos, lo sabemos por los periódicos.

—Pues han de saber muy poco, porque los periódicos son muy malos.

—Me refiero a la gente del común.

Esta forma arcaica me dio risa y me obligó a pensar en cuál sería el origen social del comandante. Su cifra, lo admití, era un enigma. Las diferencias de clases en México son tan brutales, que es muy fácil clasificar a las personas en casilleros prefabricados: indio, campesino, obrero, baja clase media, etc. Lo interesante es la gente que no puede ser ubicada con facilidad, gente que no sólo asciende socialmente, o se refina, sino gente que al ascender trae consigo otro refinamiento, secreto, antiquísimo, heredado de quién sabe cuántos antepasados perdidos que acaso fueron príncipes, chamanes o guerreros en una de las mil antiquísimas naciones del México antiguo. Si no, ¿de dónde sacan esas reservas de paciencia, estoicismo, dignidad, discreción, que tanto contrastan con las plutocracias ruidosas, vanas, ostentosas y crueles de mi país? En realidad, las dos clases de México las forman quienes se dejan seducir por modelos occidentales que no son los suyos porque carecen de la cultura de la muerte y de lo sagrado, convirtiéndose en clase media vulgar y majadera, y quienes conservan la herencia española e indígena de la reserva aristocrática. Nada hay más patético en México que el clasemediero vulgar situado entre la aristocracia india y la burguesía occidental, ese que pica el ombligo para saludar, o pasa corriendo sin dar la cara y gritando, "ese de la corbatita, ese del sombrerito, ese del bigotito..."

El general Cedillo parecía (tan parecido a Máxime Weygand) venir de esas mismas profundidades que vieron nacer al general Joaquín Amaro, quien salió de la sierra yaqui de Sonora a unirse al Cuerpo del Noroeste de Álvaro Obregón (un joven rubio y de ojos azules que de niño le llevaba la leche a mi abuelita materna en Álamos) con pañoleta roja en la cabeza y arracada en una oreja, sólo para convertirse, por virtud de su hermosa mujer criolla, en jugador de polo y elegantísima figura marcial y, por obra de su propia inteligencia, en el creador del ejército moderno de México, emanado de la Revolución.

De ese mismo molde provenía, a mi parecer, el general Cedillo. Le faltaban las pinceladas coloridas del general Amaro, que era tuerto y hablaba un francés impecable. Pero en 1970, no era difícil evocar la presencia del general Cedillo en las filas de la revolución, muy jovencito, es cierto, cuando se unió a ella, pero muy viejo, también, porque heredaba siglos de refinado mutismo campesino. Diana lo miraba con curiosidad, admitiendo, sin decírmelo, que no lo entendía. Yo, que creía entenderlo, me limitaba a mí mismo dándole al general un margen de misterio impenetrable, pero sintiendo el inevitable cosquilleo del escritor: burlarse de la figura de autoridad.

—¿Tuvieron dificultades con los estudiantes en el 68? —le dije de repente, buscando provocarlo.

—Igual que en todos lados. Fue un movimiento de descontento que honra a los muchachos —me contestó sorpresivamente.

Me sentí flanqueado por el general y no me gustó nadita.

—Fueron rebeldes —le dije— igual que usted en su juventud, mi general.

—Dejarán de serlo —tomó el pie que involuntariamente le di—. El que no es rebelde de muchacho, lo es de viejo. Y el rebelde viejo es ridículo.

Iba a decir otra palabra más ruda, pero miró de lado a Diana e hizo una ligera reverencia de la cabeza, como un mandarín que entra a una pagoda.

—¿Fue necesaria la sangre? —le pregunté sin más.

Miró hacia la mesa del gobernador con una chispa de sorna en la mirada.

—A la primera manifestación, hubo quienes me pedían que saliera con la tropa a reprimir. Y yo nomás les decía: Señores, aquí va a haber sangre, pero todavía no. Espérense tantito.

—¿Hay que saber medir el momento de la represión?

—Hay que saber cuándo la gente lo que quiere ya es orden y seguridad, amigo. La gente acaba hartándose de la trifulca. El partido de la estabilidad es el mayoritario.

Esa alusión amistosa era ya un desafío que intentaba colocarme en situación de inferioridad frente al hombre de poder. Y ese poder era el del conocimiento, la información. Me reí para mis adentros: primero habló de libros y periódicos, sólo para darme a entender que la verdadera información, la que cuenta para actuar políticamente, no se obtiene en eso que los españoles llaman "lo negro", es decir, lo impreso.

Nos sirvieron algunos lujosos platos de la región, interrumpiendo el diálogo. Eran asientos de puerco acompañados de enmoladas y me negué el lugar común de ver las caras —asombro, repugnancia, terror, incredulidad— de los norteamericanos. ¿Comer o no comer? Ése era el justificado dilema del gringo en México. Miré con intención a Diana, instándola a probar el plato ardiente, pidiéndole que no sucumbiera al lugar común. Ya se lo había dicho: —Yo como lo que sea en tu país o en el mío y me las arreglo con la enfermedad allá o acá. Ustedes dan una lamentable impresión de desamparo frente a la comida mexicana. ¿Por qué nosotros podemos tener dos culturas y ustedes una sola que esperan encontrar cómodamente a donde quiera que vayan?

Diana probó las enmoladas y al lado, el gobernador se rió como si ladrara, viendo a la estrella de cine probar el platillo del orgullo local.

—Hay gente poco ducha en política que se adelanta a los acontecimientos y lo echa todo a perder —dijo, con menos recato pero con sorna creciente, el general, evitando mirar, pero obligado a escuchar, los extraños ruidos del gobernador. Éstos podrían explicarse por la euforia culinaria o porque en ese momento entraron los inevitables mariachis tocando su inevitable himno, el son de *La Negra*. "Negrita de mis amores, ojos de papel volando", canturreó el simpático gobernador.

—Hubieran evitado esos errores tomando el poder —dije en plan provocador.

—¿Quiénes?

—Ustedes. Los militares.

Por primera vez, el general Cedillo abrió los ojos y levantó los repliegues de su frente donde debían encontrarse unas inexistentes cejas.

—N'hombre, don Benito Juárez se habría dado dos vueltas en su tumba.

Recordé al niño pastor que figuró en la película inglesa.

—¿Quiere usted decir que el ejército mexicano no es el ejército argentino, que ustedes respetan a todo trance las instituciones republicanas?

—Quiero decir que somos un ejército emanado de la Revolución, un ejército popular...

—Que sin embargo dispara contra el pueblo, si hace falta.

—Si nos lo ordena la autoridad constituida, los civiles —dijo sin parpadear, pero yo sentí que lo había herido, que había tocado una llaga abierta, que el recuerdo de Tlatelolco era vergonzoso para el ejército, que quería olvidar ese episodio, que de eso no se hablaba, pero que se entendiera lo que Cedillo me estaba diciendo: sólo obedecimos órdenes, nuestro honor está a salvo.

—No debieron hacer labor de policías, o de halcones —le dije y me arrepentí de hacerlo, no por mí, sino por mis amigos norteamericanos, por Diana. Estaba violando mi propia regla, la que le expliqué al estudiante Carlos Ortiz. No tengo derecho a comprometerlos políticamente.

Me arrepentí también porque comparándolos con policías y matones a sueldo, insultaba a los militares, innecesariamente, me dije, por juego, por provocador yo mismo. Pero como siempre me ocurre, mientras más juraba que no me metería en política, más se metía la política en mí.

—Usted fue muy crítico de lo que pasó en el 68, ya lo sé —me dijo limpiándose los labios de la salsa del asiento de puerco.

—Me quedé corto —le contesté, incontrolado, encabronado.

—Dígale entonces a su amiga que se cuide —dijo entonces el samurai mexicano súbitamente convertido en verdadero señor de la guerra, dueño de las vidas reunidas esta noche en torno a su voluntad, su capricho, su misterio.

No daba crédito a mis orejas. ¿Dígale a su amiga que se cuide, eso dijo el general? Como para disipar cualquier duda, Cedillo hizo entonces lo que yo temía. Miró a Diana. La miró directamente, sin tapujos, sin pudor, con un brillo salvaje en el que yo vi, con pavor, lujuria y muerte, una naturaleza domada durante siglos sólo para saltar mejor sobre la presa, vencida de antemano, es ese momento oportuno al que el general se refirió. La quería, la amenazaba, me detestaba y a ambos, a Diana y a mí, la mirada del comandante nos comunicaba en ese momento un intenso odio social, una implacable oposición de clase, un resentimiento que me llegó en oleadas, comunicado por la intensidad de la mirada, generalmente velada, del militar, a los demás comensales, el alcalde, el gobernador, la sociedad local, los guardaespaldas que al ver a Cedillo, como quien recibe una hostia y se siente lleno del cuerpo y el espíritu del Señor, se movieron, removieron, agruparon, avanzaron un poco, llevándose las manos a los secretos sobacos armados, hasta que la caída de los párpados, la orden de tranquilidad, les llegó desde esos mismos ojos acostumbrados a mandar y ser obedecidos sin el menor respingo, desde lejos, a ciegas de ser preciso.

Fue como una resaca súbita; la marejada se retiró, el instante de tensión no llegó a más, los guaruras volvieron a fumar y a formar círculos masónicos, el gobernador, el muy idiota, se soltó chiflando, el alcalde ordenó que trajeran los cafecitos, pero yo sentí la continuidad de la alarma que el general provocó, dentro de mí; no se disipaba su amenaza, supe que me acompañaría, muy a mi pesar, el resto del tiempo que pasara en Santiago, fastidiando mi amor, mi trabajo, mi tranquilidad...

—No te enredes en México —le dije a Diana cuando en su nombre me excusé, ella tenía llamado a las cinco de la mañana, nos levantamos, caminamos muy despacio fuera del patio—. Nunca saldrás del enredo, una vez que te metas en él.

Ella me miró impávida, como si la insultara al recomendarle cautela.

Me dio gusto, sin embargo, mirar hacia un rincón del patio, ver al grupo de estudiantes y darme cuenta de que los distinguía claramente de los guardaespaldas. No había confusión posible. Carlos Ortiz era alguien muy distinto del general y sus guaruras. Me salvó la noche saberlos distintos, nuevos, acaso salvados ellos mismos... La inquietud hacia Diana, por lo que dijo el general, se impuso, sin embargo, a cualquier motivo de satisfacción. ¿Qué quiso decir? ¿En qué podía una actriz de Hollywood molestar, interferir, provocar a un general del ejército mexicano?

—¿Sentiste qué pesado ambiente? —le dije a Diana.

—Sí. Pero no entendí las razones. ¿Y tú sí?

—No. Yo tampoco.

—Les damos envidia porque nos queremos —soltó una risa preciosa la mujer.

—Sí. Eso es. Sin duda.

En el cerebro me retumbaban las frases del general Agustín Cedillo. —Dígale a su amiga que se cuide. Cuando quiera pase a las dos de la tarde a comer conmigo en el club. Aquí mismo, en la Plaza de Armas.

XX

Para corresponder el regalo de la pasta de dientes italiana, y hacerme perdonar la actitud hacia el niño pastor, salí una tarde aburrida y caliginosa a buscar algo para Diana. Las calles de Santiago, en la tarde, son abismalmente solitarias; se desbarata en las banquetas un sol plomizo y no abundan en esta ciudad ni los árboles ni los toldos para guarecerse. Me sentía cansado y mareado al cabo de caminar diez cuadras. Me apoyé contra una puerta de batientes de ocote y al hacerlo entreabrí la visión de una cueva llena de tesoros. Era un anticuario que, por razones provincianas que me cuesta descifrar, no se anunciaba. Así hay restoranes en Oaxaca, libreros en Guadalajara, bares en Guanajuato, que no anuncian lo que son. Su convicción, me imagino, es que los verdaderos clientes no necesitan publicidad para llegar allí. Estos lugares secretos de México sienten que la afluencia publicitaria no haría sino rebajar la calidad de lo que se ofrece, dándole gusto al más bajo denominador. La verdad es que en México hay un país secreto, que no se anuncia, que sólo la tradición conoce y reconoce. Allí se gestan, y se continúan, la cocina, las leyendas, las memorias, los diálogos, todo lo que desaparece, evaporado, apenas lo proclama la luz neón.

Había mucho mobiliario de la vuelta de siglo. Las familias, al hacerse modernas, al emigrar de la provincia a la capital, abandonaron estas maravillas finiseculares, los sillones de mimbre, los espejos de cuerpo entero, las cómodas con tapa de mármol, los aguamaniles, las pinturas de género —cacerías, bodegones...—. El dueño de la tienda se acercó a mí. Era un mestizo con ojos achinados y una camisa rayada, sin cuello ni corbata, aunque su chaleco era cruzado por una valiosa leontina de oro. Le sonreí y le pregunté si el negocio iba bien. "Guardo cosas", dijo él. "Impido que las cosas se hagan polvo". "¿Puedo mirar?" "Sírvase nada más."

Encontré un atril lleno de carteles y grabados maltratados. No sé cómo habían llegado hasta aquí afiches del transatlántico francés *Normandie*, con sus maravillosas líneas *art deco*, aunque sí me explicaba los de películas de la GM que yo mismo vi en el cine Iris de México siendo niño, *Motín a bordo, La madre tierra, María Antonieta*... Mis dedos tocaron un papel rugoso, resistente, que había sufrido mucho menos que los carteles. Olí, sentí algo en su tacto y lo extraje con gran cuidado de ese nido de tintas olvidadas. Era un Posada. Un grabado de José Guadalupe Posada, perdido en esta tienda, bien conservado, con el pie de imprenta de Antonio Vanegas Arroyo, Calle de Santa Teresa número 1, año de 1906. Lo extraje como si estuviera en el Albertina de Viena y tocase un grabado de Lucas Cranach. No me equivoco en la comparación. Hay un parentesco, lejano pero cierto, entre el pintor alemán del siglo xvi y este artista de la provincia mexicana, muerto apenas en 1913. Los une la larga danza con la muerte, la gallarda que implacablemente va trenzando cuerpos, añadiendo día con día tesoros al peculio más abundante de la humanidad, la muerte.

Limpio, directo, bárbaro, refinado, Posada comunicaba una noticia. Una señora vestida de negro y con cola, revólver en mano, acababa de asesinar a otra señora también vestida de negro y con cola y también pistola en mano. Obviamente, la primera señora se le había adelantado a la segunda. Pero la asesina le daba la espalda a un balcón abierto y a la luz del día, como si la promesa de su crimen fuese, a pesar de todo, la vida. En cambio, la mujer asesinada era prisionera de una serpiente cuyos anillos la sofocaban, haciendo dudar si en realidad la había asesinado su presunta rival, o si Posada, como en otras ocasiones, representaba, con la serpiente anudando estrechamente el cuerpo de la mujer, trenzándola, a una epiléptica. En todo caso, detrás de ella se abrían las fauces de un monstruo devorador, colmilludo, que en realidad era la entrada a un circo. De esa boca abierta salían, volando, murciélagos y demonios, ánimas en pena, súcubos e íncubos: todo un carnaval del sueño maligno, una pesadilla que convertía el asesinato de una elegante señora vestida de negro por otra que podría ser su doble, en una carnestolenda de la enfermedad, la muerte, la risa, el juego, la noticia, todo mezclado…

Me pidió tan poco dinero el hombrecito del chaleco y el toisón, que estuve a punto de darle el doble, como regalo. No lo hice, porque lo hubiera ofendido. Esperé hasta después de la cena para entregarle el regalo a Diana. Estaba cansada esa noche y se quedó dormida en seguida. Leí un rato y la imité. Mañana le daría su regalo. Luego desperté sobresaltado y ella estaba sentada, temblando, a mi lado.

—¿Qué te ocurre, Diana?

—Soñaba.

La interrogué en silencio. Ella me contó lo siguiente. Una mujer vestida de negro la mataba de un pistoletazo. Diana caía mortalmente, también vestida de negro aunque la muerte instantánea iba acompañada de convulsiones.

—¿Qué más?

—Es todo.

—¿No te trenzaba una serpiente?

—¿De qué hablas? Lo más importante, quiero decirte, era el cielo, un pedacito de cielo que podía verse por la ventana.

—La asesina le daba la espalda al balcón abierto.

—¿Cómo sabes?

El sueño de Diana me inquietó tanto que cometí el error de insistir, preguntándole si en él se abría, detrás de ella, una boca atroz llena de vampiros.

—No. Tampoco esa culebra que me atenazaba. Evítame el *Freud para principiantes*, ¿quieres? Te he dicho ya que no quiero un pollo biográfico con guarniciones freudianas. Ya te lo dije; cuando oigas decir pobre muchacha provinciana devorada por el éxito instantáneo, no lo creas. No creas la historia de la inocente maltratada por el director tiránico y teutón. Sólo cree en las imágenes de mí que tú mismo guardes de nuestra relación.

—Muchas de ellas me las das tú, no tengo que inventarlas.

—Entonces no creas nada sobre mí.

XXI

Decidí no darle gusto en sus manías irracionales, la puerta del baño siempre cerrada, las cortinas de las ventanas siempre apartadas, esperando que entrara la luz de la luna sobre un paisaje nevado. Su acusación me molestaba: "No tienes imaginación". Quería, más bien, que ella y yo compartiésemos la imaginación del porvenir, y no esta morbosa imaginación de un pasado en el que yo no figuraba. Había orgullo en esto, pero temor también de que la memoria de Diana me avasallara y los dos nos perdiéramos en una reconstrucción funeraria de momentos irrecuperables. Me parecía extraño estar en esta posición, yo mexicano supuestamente cargado de demasiado pasado, ella gringa del Medio Oeste, supuestamente ayuna de memoria. ¿Quería, por eso mismo, inventarse un cofre de recuerdos, un verdadero tesoro mnemotécnico, invitándome a recrearlo con ella? Sin duda. Pero yo vivía, en ese momento, un ansia de poder sobre las mujeres desgarrada por la vanidad y el capricho; excluía la vanidad y el capricho de la mujer, los eliminaba y a veces las eliminaba a ellas si no obedecían mi voluntad de eliminar sus propios caprichos. Una vez fui a Taxco con una muchacha mexicana rica que se quejó de la habitación en el hotel. Le parecía muy rascuache. La traté de niña bien insoportable, inadaptable, sin fantasía ni espíritu de aventura, pero en realidad le estaba diciendo: Date de santos que te traje conmigo a este *weekend*.

Había decidido que ninguna mexicana adquiriese poder sobre mí mediante el capricho, la vanidad, el orgullo. Me adelantaba a ellas, les daba una sopa de su propio chocolate. Me habían herido demasiado de joven, eran débiles, vanidosas, fáciles de convencer cuando sus padres me borraban de las listas de maridos elegibles por la simple razón de que yo no tenía dinero y mis rivales sí. Ahora que ellas me buscaban, les devolvía la moneda, a sabiendas de que me dañaba más a mí que a ellas. Al negarle a Diana esa parcela de su imaginación que ella reclamaba, estaba dejándome llevar por la inercia de mis anteriores amores. Ella no era una niña bien mexicana y yo estaba cometiendo un grave error con una mujer excepcional. Quise repararlo cuanto antes, darle a entender que me ceñía a su deseo de cerrar la puerta e imaginar una noche de luna nevada. Ella se extrañaba de mi actitud, se irritaba a veces. Me imploraba que cerrara la puerta. Pero me echaba en cara, con burla violenta, que no la ayudase a recobrar su imaginación perdida. Su segunda actitud me confirmaba en una elemental convicción hispano-árabe de que en el harén no manda el sultán, sino el eunuco. En cambio, Diana se volvía terriblemente débil y dulce cuando suplicaba, deja cerrada la puerta del baño, por favor, y entonces yo me sentía culpable de no darle gusto. No sé si veía en esta súplica algo que siempre me rebeló: alguien dándome órdenes, sobre todo órdenes para el orden. Tuve una buena relación con mi padre, muy buena, salvo en este punto. Me gustaba impacientarlo con mi desorden. Él era hijo de alemana y se ufanaba de su puntual, exquisita devoción al orden. Sus clósets, sus papeles, sus horarios, eran un ejemplo de vida ordenada. Yo amontonaba papeles en mi escritorio, dejaba las camisas sucias tiradas en el piso, y un día, frente a él, primero me puse los zapatos y luego, trabajosamente, los pantalones. Esto lo horrorizó, lo disgustó y le provocó, sin embargo, una ternura que yo no me esperaba. Vio mi debilidad. La aceptó. Me perdonó. Nunca más me dio una orden. Yo no la volvería a aceptar de nadie. Organicé mi vida a partir de mi trabajo, para ser independiente o, en todo caso, escoger mis dependencias con cierta libertad. Y mi desorden físico se me volvió un motivo de orden mental. En el batidillo de mis papeles de trabajo, libros y cartas, yo siempre sé —y sólo yo sé— dónde están las cosas. Como si tuviera radar en la cabeza, mi mano se dirige certeramente a la Torre de Pisa de mis papeles y encuentra en seguida, exactamente, el que busca. A veces la torre se derrumba, pero la referencia nunca se pierde. Las emociones, en cambio, se resisten a ser catalogadas en el orden o el desorden. Nos desafían a encontrar su forma, sólo para disiparse enseguida, como el aroma de ciertas flores que nos parece lo más cierto, lo más real del mundo y no tiene, sin embargo, más forma que la de la rosa o el nardo de donde emana. Sabemos, desde luego, que la forma de la rosa no es su aroma; éste, en efecto, es un espectro similar a las emociones que son lo más real, pero lo menos aprensible, del mundo. Me castigué mentalmente por mis equivocaciones en el trato con una mujer como Diana Soren, dejándome deslizar por el pequeño tobogán de mis amores caseros. Me convencí de que ella me daba pasión y ternura, y yo era demasiado afortunado para no darme cuenta del privilegio que era amarla a ella, rindiéndome, si hacía falta, a su capricho y a su imaginación.

Despertó alterada, otra noche. Me dijo que se imaginó entrando a un salón que esperaba encontrar lleno de gente. Desde lejos se oían las conversaciones, la risa, la música, hasta el choque de copas. Pero al entrar al salón, no había nadie. Sólo se oía el crujir de una falda larga, como de tafeta. Empezó a gritar para que la oyesen afuera. Despertó, yo pensé en el grabado que le regalé.

XXII

Los caprichos y sobresaltos nocturnos fueron adormeciendo mi atención. Si la oía moverse de noche, no le hacía caso. Si se levantaba de la cama, la imaginaba, entre sueños, corriendo cortinas y cerrando puertas. Cuando figuraba en mis pesadillas vestía de negro frente a un balcón y otra mujer vestida idénticamente disparaba contra ella.

La música, sin embargo, no figura en este inventario de caprichos. Todo ocurría en medio de largos silencios punteados por los disparos. Me despertó una noche la voz de Diana, lejana pero inusitada, canturreando algo con una voz que no era la de ella, como si otra voz, lejana, acaso muerta, hubiese regresado a posesionarse de la suya, aprovechando el misterio de la noche para recobrar una presencia perdida en el olvido, la muerte, la usura del tiempo.

La sensación era tan insólita, y tan alarmante, que puse toda mi atención en ella, sacudiéndome la neblina de la mente para escucharla y verla, claramente, en una noche en que la luna llena entraba con un vasto abrazo blanco por la ventana abierta. Diana sentada junto a la ventana, vestida con su *babydoll* blanco, canturreando una canción que distinguí al poco rato. Era un éxito de la joven Tina Turner y se llamaba *Remake me*, o *Make me Over, Rehazme, Hazme de vuelta.*

Diana tenía algo en las manos, le cantaba a un objeto, claro, al teléfono, admití con dolor y celo súbito, disipando la imagen de una mujer perturbada por la luna llena, una loba desamparada aullándole a la diosa de la noche, Artemisa, su némesis, Diana, su tocaya.

Si una ráfaga de dolor me dijo primero que estaba loca, en seguida una puñalada de celo me advirtió, le canta a alguien... ¿debía interrumpir el melodrama con otra escena, mía, celosa, furibunda? La cautela pudo más que el honor y la curiosidad más que ambos. Ni Hamlet ni Otelo, fui esa noche un Epimeteo cualquiera, más interesado en saber lo que ocurría que en impedirlo o pasarlo por alto. Si no me medía, no sabría qué estaba ocurriendo... Abrí la caja de Pandora.

Me hice el dormido. Ya no la escuché más. Al rato sentí su cuerpo cálido junto al mío, pero extrañamente apartado, sin buscar, como a veces ocurría, mis pies con los suyos.

¿Hasta cuándo iba a aguantarme las ganas de saber con quién hablaba Diana a las tres de la mañana, a quién le cantaba canciones de Tina Turner por teléfono? Porque a partir de esa noche, ella habló todas las noches, sentada en medio de un charco de luz de luna menguante, con una voz lejana e incomprensible al principio (otra voz, imitada o posesiva, Diana dueña de la voz mimética, o ésta posesionada de Diana, no lo sé) pero que cada noche, a medida que la luna iba agonizando, se hacía más alta, más audible, pasando de la letra de la canción, *Remake me*, a frases no cantadas sino dichas con esa misma voz honda, aterciopelada, que no era la de Diana. Su voz normal venía de arriba, de la mirada clara, cuando mucho de los preciosos senos suaves y blancos; esta voz nocturna provenía de las tripas, de los ovarios, cuando mucho del plexo, y decía cosas que yo no podía entender sin conocer la pregunta o la respuesta que las atendían del otro lado de la línea, dondequiera que ésta estuviese...

Recordé la pasta del Capitano traída desde Italia e imaginé la comunicación a larga distancia con cualquier punto de la Tierra. Imposible adivinar; yo sólo escuchaba, con inquietud creciente, la voz ajena de Diana, las palabras inexplicables.

—*Who takes care of me?* ¿Quién se ocupa de mí?

Supe que no era yo. A mí no me pedía eso: Ocúpate de mí. Se lo pedía al otro, a otros. ¿Un amante, sus padres, su marido con quien mantenía una relación de afecto y cercanía (tres de la mañana en México; mediodía en París)? Pero supe que la que hablaba tampoco era ella. Lo dijo claramente. Una noche hablaba diciendo: Soy Tina; otra: Soy Aretha; otra: Soy Billie... Entendí las alusiones, retrospectivamente. Billie Holliday era la más dolorosa de todas las cantantes de jazz, la voz nuestra de cada pena, la voz que no nos atrevemos a escuchar en nosotros mismos pero que ella se echa encima, en nuestro nombre, como un Cristo negro, femenino, Cristo crucificado que carga con todos nuestros pecados:

> *got the moon above me*
> *but no one to love me*
> *lover man, where can you be?*

Aretha Franklin era la voz gozosa del alma, la gran ceremonia colectiva de la redención, un bautizo renovado, purificador, que nos despojaba del nombre usado, gastado, y nos daba otro, nuevo, limpio y reluciente.

A woman's only human you've got to understand

Y Tina Turner era la mujer herida, abusada, víctima de la sociedad, el prejuicio, el machismo, la mujer joven que de todos modos sentía en su sojuzgamiento la promesa de una madurez libre, limpia, que iba a llenar al mundo de alegría porque un día ella supo de grandes penas.

Entre canción y canción, escuché las frases que no tenían sentido para mí porque no eran parte de una melodía conocida, grabada y repetida por todos, sino estrofas mutiladas de un diálogo que para mí era el monólogo de Diana a la luz de la luna.

—¿Cómo? Soy blanca.

¿Qué le dijeron? ¿Qué cosa contestaba, quién se la preguntaba? ¿Qué quería decir Diana cuando le decía a la bocina: *Hazme verme como otra*? Estas preguntas comenzaron a torturarme, por su misterio intrínseco, por la lejanía que creaba entre mi amante y yo, porque la obsesión de saber qué ocurría, con quién hablaba Diana, interrumpía mis mañanas, me impedía trabajar, me sumía en la depresión literaria. Revisaba con desgano mis cuartillas y las encontraba insulsas, mecánicas, desprovistas de la pasión y el enigma de mi posible vida diaria: Diana era mi enigma, pero me convertía a mí mismo en enigma de mí mismo. Ambos éramos, solamente, posibilidades.

Esperaba con impaciencia la noche y el misterio.

No me atrevía, desde la cama, a interrumpir el diálogo secreto de Diana. Sólo provocaría una escena, acaso una ruptura. Me confesaba cobarde, una vez más, ante la idea de perder a mi adorada amante. No ganaría nada levantándome de la cama, dirigiéndome a ella, arrebatándole la bocina, exigiendo como marido de melodrama, ¿a quién le hablas, con quién me engañas?

Me humillé a mí mismo hurgando, entre las pertenencias de Diana, a ver si descubría un nombre apuntado al azar, un número de teléfono, una carta, cualquier indicio de su misterioso interlocutor nocturno. Me sentí sucio, pequeño, despreciable, abriendo cajones, bolsas de mano, maletas, zípers, metiendo los dedos como oscuros gusanos entre calzoncitos, medias, brasieres, toda esa ropa interior indescriptible, que un día me deslumbró y que ahora manoseaba como si fueran trapos viejos, klínex, kótex sucios...

Ella me tenía que dar la oportunidad. Me la dio una noche. Me invitó, estoy seguro, a compartir su misterio.

XXIII

El viejo actor había estado deprimido esa noche, haciendo recuerdos y añorando, sin embargo, un tiempo pasado que acabó por abandonarlo. Se sentía traicionado por su tiempo. Sentía, también, que él había traicionado algo, la promesa, el optimismo, de los años del Nuevo Trato. En su evocación de nombres, obras, organizaciones de los años treinta, había a la vez una nostalgia y un desdén, sí, una nostalgia desdeñosa. Se decía y nos decía: hubo tantas promesas que no se cumplieron; se decía y nos decía: no merecíamos que se cumplieran.

Esa noche, él hubiese querido canalizar ese sentimiento hacia uno de los juegos de salón con los que intentábamos disimular el tedio de Santiago. Como no obtuvo respuesta ni de Diana ni de mí (ambos encasillados, seguramente ya lo sabía ella de mí como yo de ella, en el enigma de esas llamadas nocturnas, disimuladas, jamás mencionadas a la luz del día), Lew Cooper se embarcó en la explicación no pedida de por qué dio nombres ante el Comité de Actividades Antiamericanas de la Cámara de Representantes. Fue conciso y contundente:

—Nadie me merecía respeto. Ni los miembros del Comité ni los miembros del Partido Comunista. Ambos me parecían despreciables. Ambos traficaban con la mentira. ¿Por qué iba a sacrificarme yo por unos o por otros? ¿Por salvar mi honor? ¿Muriéndome de hambre? No fui un cínico, ni se lo imaginen ustedes. Sólo me comporté como todos ellos, los fascistas de derecha que me interrogaban o los fascistas de izquierda que jamás levantaron un dedo por mí. Fui selectivo, eso sí. Jamás di el nombre de alguien débil, alguien que podía ser dañado. Fui selectivo. Sólo di los nombres de aquellos que, en Moscú, se hubieran comportado conmigo igual que éstos en Washington. Se merecían los unos a los otros. ¿Por qué iba a ser yo el chivo expiatorio de sus mutuas canalladas?

—¿Puedes medir el daño que le pudiste hacer a quienes no querías dañar? —le pregunté.

—Yo no los mencioné. Los mencionaron otros. Si hubo vidas destruidas, no fui yo quien las destruyó. Lo único que hice fue no destruirme a mí mismo. Lo admito.

—Lo malo de los Estados Unidos es que si te denuncian como antipatriota, todo mundo se lo cree. En la URSS, en cambio, nadie se lo creería. Vichinsky no tenía el menor crédito. McCarthy, en cambio, sí.

Esto lo dije yo, pero Diana se apresuró a añadir: —Mi marido siempre dice que el dilema de los liberales norteamericanos es que tienen un enorme sentido de la injusticia pero ningún sentido de la justicia. Denuncian, pero no actúan.

—Lo he leído —dije yo—. Añade que se niegan a afrontar las consecuencias de sus actos.

¿Era el momento de preguntarle, tranquilamente, si la persona con quien se comunicaba de noche era, precisamente, su marido? ¿Qué tal si no era así? ¿Qué olla de grillos —can of worms— iba a destapar? Otra vez, me quedé callado. El actor discurría sobre la emoción extraordinaria de los experimentos escénicos del Group Theatre en Nueva York, la comunión de público y actores, en los años treinta, el tiempo y los escenarios de su juventud…

La frontera se borraba entre el escenario y la platea. Las personas sentadas en las butacas eran actores también y se sentían exaltadas por esas actuaciones extraordinarias, sin darse cuenta de la terrible ilusión que compartían actores y espectadores. Las tragedias interpretadas en el teatro por aquéllos iban a convertirse, triste, dolorosamente, en las tragedias vividas por éstos. Y los actores, como parte de la sociedad, no iban a escapar al destino que, primero, interpretaron. Frances Farmer, rubia como un trigal, acabó manchada por el alcohol, la prostitución, la locura y el fuego. John Garfield, dueño de toda la rabia urbana acumulada, murió haciendo el amor.

—¿No lo envidias? —interrumpió Diana.

—J. Edward Bromberg, Clifford Odets, Gale Sondergaard, todos perseguidos, mutilados, quemados por los cazadores de brujas...

—Odets estuvo casado con una mujer de belleza sublime —recordé—. Luise Rainer. Una vienesa anunciada como "la Duse de nuestro tiempo". ¿Por qué la Duse? ¿Por qué no ella misma: Luise Rainer, la incomparable, frágil, desmayada, exaltada Luise Rainer, herida por el mundo porque quería ser...?

—Otra —dijo Diana—. ¿No lo entiendes? Quería ser otra, Duse, Bernhard, no ella misma...

—Estás hablando por ti misma —me atreví.

—Por toda actriz —dijo Diana con vehemencia y despecho.

—Claro, toda actriz quiere ser otra o no sería actriz —dijo Lew, avuncularmente.

—No —dijo con ojos asustados Diana—. Más que eso. Negarse a asumir los papeles que te asignan, rechazarlos, asumir en cambio los personajes de los que uno sólo ha oído hablar...

A propósito, repetí allí mismo sus palabras, personalizándolas, radicándolas en ella, despojándola de la coartada inglesa del verbo infinitivo ("ser o no ser") o de la urbanidad colectiva ("uno"): —*Tú* te niegas a asumir los papeles que te dan. *Tú* interpretas los personajes de los que sólo has oído hablar...

Dije esto para no hablar de lo que realmente quería: ¿a quién le hablas por teléfono a las tres de la mañana? Mi muina simplemente tomaba caminos torcidos. El actor sintió la tensión entre ella y yo creciendo por encima de la suya propia y continuó evocando: —Le oí a Luise Rainer decirle algo muy lindo a Clifford Odets. Le dijo que era sietemesina y andaba siempre buscando los dos meses que le faltaban. Ella dijo: Los encontré contigo. Pero él era muy izquierdista y en su obra escribió: La huelga general me dio mis dos meses que me faltaban. No el amor, sino la huelga. La verdad es que todos andamos buscando los meses que nos faltaron. Dos. O nueve. Da igual. Queremos más. Queremos ser otros. Diana tiene razón... Odets sacrificó a su mujer para hacer un lema político.

—Diana quiere disfrazarse y disfrazarnos —me reí sarcástica, ofensivamente—. A ti te invitó para disfrazar nuestro amasiato. Aunque sea cierto y todo el mundo lo sepa, ella tiene que disfrazarlo, sabes, para actuar, para ser otra, para actuar bien en la vida porque no sabe actuar bien en la pantalla... Me joden las putas que quieren ser vistas como amas de casa clasemedieras.

—Buenas noches —dijo Lew levantándose abruptamente y mirándome con desprecio.

—No, no te vayas. ¿No sabes que vivimos con Diana en un monasterio, tú el superior, yo el novato? O será un falansterio artístico, tú el juglar, yo el escriba, Azucena la maritornes. Pero aquí nadie fornica, qué va. Eso cuándo se ha visto, aquí todo el mundo viene a recogerse, no a cogerse. Mugre convento, pinche falansterio...

—Prefiero oír el *rock and roll*, que detesto, a oír estas estupideces. Buenas noches, Diana.

—Buenas noches, Lew —dijo ella, con ojos inquietos pero resignados.

Yo la imité con voz tipluda: —Ay, ¿a quién he invitado a compartir mi casa?

—Vente a dormir, cariño. Has bebido mucho hoy.

XXIV

Era cierto y me costó conciliar el sueño. Me di cuenta de todo. Esa noche, ella se levantó. Ostentosamente, no volteó a mirarme para saber si estaba dormido. Salió de la recámara. Las cortinas estaban abiertas. La luz de la luna caía libremente sobre el viejo teléfono negro. Oí un ligero *click*. Me levanté, caminé hasta la piscina lunar. Extendí la mano para tomar el teléfono. Me detuve temeroso. ¿Ella se daría cuenta de que yo sabía? ¿Hablaba ella en ese momento desde otro lugar de la casa? ¿Tenía yo derecho a oír una conversación privada? Había hurgado en las bolsas, los cajones, la ropa interior... Qué más daba una indignidad más.

Levanté la bocina y escuché las dos voces por la extensión telefónica. La de ella era la voz desconocida que aprendí a adivinar de noche, secretamente. Una voz llegada de otra geografía, de otra edad, para apoderarse de la suya... Tal era mi fantasía. No era, en verdad, más que la voz de la actriz Diana Soren interpretando un papel que jamás le darían en la pantalla. La voz de una negra. Hablaba con un negro. Esto era evidente. Aunque fuese un blanco imitando a un negro, como ella imitaba a una negra, era la voz de un negro. Quiero decir, era la voz de alguien que quería ser negro, sólo negro. Esto es lo que me impresionó, disipando las brumas etílicas de mi creciente amargura (tango, bolero...). Ahora entendí lo que escuché las anteriores noches en la recámara, cuando ella decía cosas como "Hazme verme como otra", o "¿Cómo? Soy blanca."

—Hazte negra.

—¿Cómo? Soy blanca.

—Tú verás cómo le haces.

—Estoy haciendo lo imposible.

—No, Aretha. No seas estúpida. No te pido que cambies de color de piel. Tú me entiendes.

—Quisiera estar contigo —dijo Diana transformada en Aretha—. Daría cualquier cosa por estar contigo, en tu cama…

—No puedes, *baby*, estás metida en la jaula. Yo ya salí de la jaula…

—No hablo de jaula, hablo de la cama, tú y yo…

—Libéranos, Aretha. Libera al negro que no quiere mujer blanca porque traiciona a su madre. Libera al blanco que no quiere negra porque traiciona sus prejuicios. Libera al negro que quiere blanca para vengar a su padre. Libera al blanco que quiere negra para humillarla, abandonarla, esclavizarla hasta en el placer. Haz todo eso, *baby*, y luego seré tuyo…

—Trato de cambiar de alma, si eso es lo que tú quieres, mi amor.

—No puedes.

—¿Por qué? No me…

El negro colgó pero Diana permaneció escuchando la estática del teléfono. Yo colgué apresurado y me dirigí a la cama con un espantoso sentimiento de culpa. Pero la siguiente noche, no resistí la tentación de seguir oyendo la conversación interrumpida pero eterna, noche tras noche…

…Le dijo que trataría de cambiar de alma y él le dijo no puedes. Ella pidió que no la condenara así, que no fuera injusto, pero él insistió, no puedes, en el fondo crees que los negros queremos ser blancos, por eso tú nunca podrás ser negra. Diana Soren dijo que ella quería justicia para todos, le recordó al negro que ella estaba en contra del racismo, había marchado, había manifestado, él lo sabía, ¿por qué no la aceptaba como una igual? Él soltó una carcajada que debió despertar a todos los pájaros dormidos entre Los Ángeles y Santiago. Quieres que nos admitan en los country clubs, le dijo a Diana, en los hoteles de lujo, en los macdonalds, pero nosotros no queremos ir allí, queremos que nos excluyan, queremos que nos hagan el favor de decirnos, no entren, ustedes son distintos, los detestamos, huelen mal, son feos, parecen monos, son estúpidos, son otros. Jadeaba muy fuerte y decía que cada vez que un blanco liberal y filantrópico hablaba contra el racismo, a él le daban ganas de castrarlo y hacerlo comerse sus huevos.

—¡No quiero ser como ustedes, no quiero ser como tú!…

…Le dijo la siguiente noche que ella sólo quería verse como otra para verse como verdaderamente era, cada cual tenía su objetivo, el suyo él y ella el suyo…

—Respétame. Soy actriz, después de todo, no política…

El hombre soltó una carcajada.

—Entonces dedícate a lo tuyo y no juegues con fuego, coñaza. Entiende una cosa. Nadie puede verse como es si no se ve separado, divorciado del género humano, radicalmente apartado, apestado, solo, con los suyos…

Ella le dijo casi llorando que no podía, que eso que quería era imposible y él la insultó, la llamó *you cunt, you fucking white cunt*, y ella lanzó uno como suspiro de alegría…

—Tendrías que ser negro puro, negro de África, antes de ser traído aquí, antes de mezclarte, y ni así podrías vivir separado…

—Cállate, Aretha, cállate, puta…

Con un aire de triunfo, Diana le dijo que no había negros puros en América, que todos descendían de blancos también…

—No te lo digo para ofenderte, te lo digo para que pienses que algo compartes conmigo…

—Cállate, puta, tú no tienes una gota de sangre negra, tú no tienes un hijo mulato…

Ella dijo que le gustaría caer en esa tentación, pero libremente, no para probar un punto.

—No quiero usar mi sexo para ganar argumentos.

—Puta, coño blanco...

...La llamó la noche siguiente para pedirle perdón. Quiso explicarse con una humildad que me pareció sospechosa. Le dijo que ella quería cambiar el sistema. Luego añadió con una sorna humilde, con voz de Pequeño Sambo, qué buena eres, qué compasiva y qué hipócrita. Le faltaba entender que el sistema no se cambia, le dijo, recuperando poco a poco su tono normal, agresivo; el sistema se destruye. Ella no se inmutó, no admitió la burla, dijo con honestidad y emoción que quisiera ayudarlos.

—Pero creo que no sé cómo...

—Empieza por no recordarme que soy mulato.

—Lo eres, me gustas así, te quiero así, ¿no te importa esto?

Que mejor le dijera que él también iba a caer en tentación, como sus antepasados, que él también iba a ceder ante una chichi blanca, él también iba a tener un hijo mulato, con ella, ¿qué le parecía esto?, ¿lo aceptaría honestamente?, ¿no oiría por el mundo gritando que ella no, ella no era promiscua, era una calumnia, ella no tendría jamás hijos que no fueran arios, blancos, nórdicos...?

—Yo también voy a insultar a todos los negros —decía ahora el mulato ausente con una voz de mar encadenado—, a todos los negros que debieron ser sólo africanos y traicionaron a su descendencia cayendo en la tentación de cogerse a una mujer blanca, y tener hijos café con leche, di eso, puta, piensa eso, dame esa bofetada, por lejos que estés Aretha, te juro que voy a sentir tu golpe, más fuerte porque estás lejos, cogiendo con un blanco, te veo desde acá, no hay suficiente distancia entre California y México para que no te vea o huela tu coño rubio y escupa sobre él...

—No digas nombres, no digas lugares...

—No seas bruta. Lo saben todo. Lo graban todo. ¿Estás en la luna?

—Soy Aretha, me llamo Aretha.

—Hazte negra.

—¿Cómo? Soy blanca.

—Tú verás cómo le haces. No puedo aceptarte si no lo haces.

—Te llamo mañana.

—Esta bien. *Fuck off, bitch*...

...La siguiente noche fue la última llamada. Él habló muy calmado y dijo que el error de Diana era creer que todos eran culpables, incluso ella, incluso los opresores. Entonces, todos serían inocentes. No, sólo estaban oprimidos los niños que no salían del gueto, las madres drogadictas, los padres obligados a robar, los hombres castrados por el Klan, ésos eran los oprimidos, no los pobres opresores.

—¿Sabes cómo puedes hacerte negra, Aretha? ¿Te has dado cuenta de que en este país sólo hay crímenes reprobables si los cometen los negros? ¿Te has dado cuenta de que las víctimas negras no conmueven a nadie, sólo las blancas? Esto te pido, Aretha, hazte víctima negra y verás cómo te tiran al lado de la carretera, como una perra, para que los camiones te pasen encima y te conviertan en una carroña sanguinolenta. Comete un crimen de negra y págalo como negra. Sé víctima como negra, para que nadie se compadezca de ti.

El negro se soltó riendo y llorando al mismo tiempo. La mano me temblaba pero colgué con sigilo y regresé a la cama, como todas las noches, antes que ella. Me hice el dormido. Diana contaba con mi sueño pesado y el sopor de mi cruda, mañana en la mañana. Regresó en silencio y se acostó. Sentí cómo se durmió en seguida, satisfecha, aliviada, como si nada la llenase más que este trueque nocturno de insultos, pasiones y culpas. Yo, con los ojos abiertos, prisionero del cielo raso de esta recámara súbitamente congelada, escarapelada, desteñida, me repetí varias veces, como quien cuenta borregos, que mi pasión no tenía ningún valor comparada con las que acababa de escuchar, que oyendo la pasión de Diana y su negro debía aceptar que la mía era pasajera, y que acaso, honorablemente, debería renunciar a esta situación, darle la espalda a Diana y regresar a mi vida en la ciudad de México. Pero en mi vigilia de esa noche, que disminuyó mi propia pasión considerablemente, otra certeza se afirmó poco a poco, involuntariamente, parte de mí aunque no la formulase claramente. Sentí, me dije; dejé que se manifestara en mí, pero hacia fuera de mí también, la idea de que la vida civilizada respeta las leyes y la vida salvaje las desprecia. No quería decirlo, ni siquiera pensarlo, porque contradecía o despreciaba, a su vez, el dolor que pude sentir en la rabia del negro amante de Diana. Y a pesar de ello, me repugnaba tanto la idea de una supremacía negra como la de una supremacía blanca. No podía ponerme en los zapatos de ese interlocutor desconocido. No necesitaba decirle a Diana que yo no era *jive*, que yo no era responsivo a los ritmos de la calle negra… Quise ser sincero e imaginarme, en cambio, en los huaraches de ese muchacho que hizo el papel de Juárez. ¿Le habría yo dado la mano al niño Juárez, lo habría ayudado a convertirse en lo que se convirtió: un indio blanco, un zapoteca con el Código Napoleón como almohada, un abogado cartesiano, un leguleyo republicano en vez de un chamán, un tinterillo en vez de un brujo en contacto con la naturaleza y la muerte, animador de lo inánime, dueño de las cosas que no se pueden poseer: millonario de la miseria? ¿Qué haría yo por el niño Juárez? Nada. El negro de Diana —su Pantera, decidí llamarlo— me conocía mejor que yo a él y acaso mejor que yo me conocía a mí mismo. Sabía que yo le podía quitar todo a él cuando quisiera. Todo. Los negros castrados, ahorcados, linchados que son como los mojones de la historia de los Estados Unidos, son también el santoral de los negros inocentes. El Pantera decidió no ser más la víctima. Dios jamás detuvo el brazo asesino del Abraham blanco cuando enterró su puñal en las entrañas de su hijo, el Isaac negro.

XXV

Pasé una mala mañana pero a la hora de la comida decidí darme una vuelta por el club a ver si allí estaba, como todos los días, el general Agustín Cedillo. Tomaba, a la vieja usanza, una copa de coñac antes del almuerzo y me invitó a sentarme. Preferí una cerveza, porque no la hay en el mundo mejor que la mexicana. Esto me hizo sentirme medio chovinista, pero agradecí esa sensación. Recordé lo que me dijo Diana sobre James Baldwin: un negro y un blanco, por ser ambos norteamericanos, saben más sobre sí mismos y sobre el otro que cualquier europeo sobre uno u otro. Lo mismo ocurre con los mexicanos. La otra noche, había sentido el odio de clases estallar entre el general y yo. Esta tarde, en cambio, la cerveza me levantó el ánimo y me hizo reconocerme en él. Los dos pedimos a una sola voz "dos tehuacanes", a sabiendas de que en ninguna otra parte del mundo entenderían qué cosa eran esas aguas minerales. Me invitó a comer y el ritual de la mesa —desde ordenar quesadillas de huitlacoche, sabiendo que sólo los mexicanos entendemos y apreciamos comernos el cáncer negro del maíz, hasta recibir un chiquihuite de tortillas calientes y escogerlas delicadamente, tenderlas sobre la palma abierta de la mano, untarlas de guacamole, añadir un chile piquín y enrollarlo todo; desde la referencia en diminutivos y posesivos a la comida (sus frijolitos, sus chilitos, sus tortillitas) hasta las alusiones guardadas, familiares, tiernas, a la salud, el clima, la edad (se ha puesto malo, está escampando, ya es muy mayor) creó el ambiente propicio para abordarle el tema que me preocupaba y para alejarme, con una complicidad que el general ignoraba, de la extrema enajenación de la pareja Diana y su Pantera, que me zumbaba aún en las orejas. Ellos eran otros. Mi general, mi general, ¡ay!, era eso: mío.

—Dijo usted la otra noche que mi novia debía cuidarse. ¿Por qué?

—Mire, mi amigo, yo no soy un sospechosista profesional ni ando viendo moros con tranchetes. Pero el caso es que sí existen alborotadores aquí y allá, usted me entiende, y no quisiéramos que la señorita Soren se viera comprometida por una imprudencia.

—¿Quiere usted decir Panteras Negras allá y guerrilleros de la Liga aquí?

—No exactamente. Quiero decir FBI en todas partes, eso sí que quiero decir. Mucho cuidado.

—¿Qué me recomienda?

—Usted es amigo del señor encargado del despacho de Gobernación.

—Es Mario Moya Palencia, fuimos juntos a la escuela. Es un amigo viejo y querido.

—Vaya a verlo a México. Tenga cuidado. Atienda a su novia. No vale la pena.

Cuando Diana regresó en la noche, le dije que saldría a México al día siguiente. Tenía que arreglar unos negocios pendientes. A ella le constaba que lo dejé todo en suspenso por seguirla a Santiago. En unos cuantos días, una semana cuando más, estaría de regreso. Ella me miró con melancolía, tratando de adivinar la verdad, imaginando que quizá ya la había adivinado a ella, pero abriendo un abanico de posibilidades. ¿Qué sabía yo? ¿Era éste el fin? ¿Me iba para siempre? ¿Era el fin de nuestra relación? ¿Me tiraban más mi esposa, mi hija, mis intereses en la capital?

—Aquí lo dejo todo, mis libros, mis papeles, mi máquina de escribir…

—Llévate las pastas de dientes.

Nada atenuaba la tristeza de sus ojos.

—Una sola. Todo lo demás se queda en prenda.

—¿En prenda? Me gusta eso. Quizá todos estamos aquí sólo en prenda.

—No te imagines a Dios como un prestamista judío.

—No. Si yo creo en Dios. Tanto, ¿sabes?, que no puedo imaginarme que nos puso en la tierra para no ser nadie.

—Te quiero, Diana —le dije y la besé.

XXVI

Lo primero que hice al llegar a México fue llamar a mi amigo Luis Buñuel y pedirle una cita. Una o dos veces por mes, solía visitarlo de cuatro a seis de la tarde. Su conversación me nutría y estimulaba extraordinariamente. Buñuel no sólo había sido testigo del siglo (caminaba con él: nació en 1900) sino uno de sus grandes creadores. Es llamativo que los teóricos franceses del surrealismo hayan dejado bellos ensayos y otros textos escritos con una lengua de claridad cartesiana, hasta cuando piden la escritura automática y el "desarreglo de los sentidos". Los surrealistas franceses, más allá de la provocación, no parecen comprometer a su cultura racionalista y devolverle el soplo de locura que debió animar a Rabelais o a Villon. Son los surrealistas sin teoría, intuitivos, como Buñuel en España y Max Ernst en Alemania, los que logran incorporar su cultura a su arte, dándole actualidad crítica al pasado, y límites históricamente perversos a la pretensión de novedad moderna. Todo está anclado en lejanas memorias y en antiguos suelos. Removiéndolos, surge la modernidad verdadera: la presencia del pasado, la advertencia contra el orgullo del progreso. Los místicos españoles, la picaresca, Cervantes y Goya eran los padres del surrealismo de Buñuel, así como la imaginación nocturna, cruel y extralimitada del cuento de hadas germánico era la madre de Ernst.

La casa de Buñuel en la colonia del Valle no tenía carácter. Éste era, pues, su carácter: no tenerlo. De ladrillo rojo y dos pisos, se parecía a cualquier vivienda de clase media del mundo. La sala tenía el aspecto de un consultorio de dentista y aunque nunca vi la recámara del artista, sé que le gustaba mirar muros desnudos y dormir en el suelo, cuando mucho, en cama de madera, sin colchón ni resortes. Estas penitencias cuadraban bien con su moral estricta, opresivamente burguesa y puritana para algunos, para otros ascéticamente monástica. Su casa estaba casi ayuna de decorados, salvo un retrato de Buñuel joven hecho por Dalí en los años veinte. Ahora —desde la Segunda Guerra— eran enemigos, pero Luis mantenía ese retrato en el vestíbulo como un homenaje emocionado a su propia juventud y a la amistad perdida, también...

Recibía en un barecito con una barra comprada en el Puerto de Liverpool pero tan bien provista como la del Oak Bar del Plaza de Nueva York —el lugar donde Buñuel gustaba beber "los mejores martinis del mundo", según su decir. Ahora mezclaba para mí un buñueloni, delicioso pero embriagador, y proclamaba: —Bebo un litro de alcohol cada día. Me va a matar el alcohol.

—Se ve usted muy bien —dije admirando su robustez a los setenta años, sus espaldas cargadas, su tórax desarrollado y sus brazos fuertes aunque delgados.

—Acabo de ver al médico. Por separado, tengo enfisema, divertículos intestinales, alto colesterol y una próstata gigantesca. Por separado, estoy perfecto. Pero si todo se me junta, caigo fulminado.

Generalmente, usaba una camisa sport sin mangas, lo cual acentuaba la desnudez de su cabeza de campesino y de filósofo. La cabeza calva y el rostro surcado por el tiempo le hacían parecerse a Picasso, a De Falla, a Ortega y Gasset. Los españoles ilustres acaban pareciéndose a picadores retirados. Buñuel compartía la tierra natal con Goya. Aragón, de fama solar de testarudos. La verdad es que nadie sueña más que sus hijos. Son sueños extremos, de aquelarre de brujas y de comunicación entre hombres, animales e insectos. Bien se sabe que las hormigas son los seres vivos que mejor se comunican entre sí, telepáticamente, a grandes distancias, y yo creo que Luis Buñuel era un apasionado de la entomología porque los aragoneses, como las hormigas, se comunican de lejos en el espacio, pero también en el tiempo. Están en contacto mediante las pesadillas, las brujas, los tambores.

No estaba contento conmigo esa tarde que fui a visitarlo. Profesaba una adhesión sin reservas a la fidelidad matrimonial y a la duración de las parejas. Le parecía intolerable que un hombre y una mujer, habiendo sellado pacto de vivir juntos, lo violaran. A mí me reprochaba abiertamente el abandono de Luisa Guzmán, a quien él quería mucho y había llevado en una o dos películas suyas, pero al lado de esta exaltación del lazo matrimonial, Buñuel no ocultaba su horror del acto sexual. Era raro en sus películas ver un desnudo, salvo como contrapunto necesario de la narración; jamás un beso: le parecía una "indecencia"; y fornicación jamás: sólo el deseo, revolcándose en los jardines de *La edad de oro*, el deseo para siempre insatisfecho a fin de mantener al rojo vivo la llama de la pasión.

Yo miraba sus ojos verdes, tan lejanos como un mar que yo jamás había navegado, y por ellos veía pasar la nave de Tristán, héroe secreto de Buñuel por ser héroe del amor casto, jamás consumado. La Edad Media era la época verdadera de Buñuel, su tiempo natural, allí navegaba su mirada, anclada accidentalmente en nuestro "detestable tiempo", y había que verlo y entenderlo como un exiliado de ese tiempo pasado, un extranjero llegado del siglo XIII, casi desnudo, entre nosotros, habilitado con una camisa sport sin mangas como un monje eremita al que no se le da más que un taparrabos para cubrir sus vergüenzas.

De esa época perdida, Luis Buñuel traía la idea del sexo —me lo repetía ahora— como costumbre de animales, *mare bestiarum* según las palabras de San Agustín. "El sexo", iba diciendo, "es una araña peluda, una tarántula que todo lo devora, un hoyo negro del que nunca sale el que se entrega a él". Era sordo (otra vez como Goya) y había abandonado el uso de la música en sus películas, salvo que tuviera un origen natural: aparato de radio, cilindrero en la calle, orquesta en una estación de esquí. Antes, había llenado su cine con los acordes infinitamente apasionados, dulces y tormentosos, de *Liebestraum* de Wagner. La música de *Tristán e Isolda* era la cantata al amor casto, del cual han sido expulsadas las tarántulas del sexo.

—Pero San Juan Crisóstomo prohibió los amores castos, diciendo que sólo lograban acrecentar la pasión, poniéndole más fuego al deseo…

—¿Ya ve usted por qué es lo más excitante del mundo? Sexo sin pecado es como huevo sin sal.

Yo siempre caía en su trampa. Buñuel pregonaba la castidad para aumentar el placer, el deseo, la sed del cuerpo amatorio. Era lector de San Agustín y entendía que la caída sólo significa que la ley del amor ha sido violada. El amor tiene una ley, que es amar a Dios. Amarnos a nosotros mismos es violar la ley de Dios y emprender el camino de la perdición, cada vez más bajo, a través del hoyo negro del sexo hasta el hoyo final de la muerte. Regresar al amor significa pasar por la castidad, pero para eso necesitamos ayuda. No lo podemos hacer solos. Volver a Dios desde el infierno de la carne y su autocomplacencia es como violar la ley de la gravedad. Violar y volar.

—¿Quiénes nos dan la mano? —le pregunté a Buñuel.

—Nunca el poder —decía con pasión—. Jamás los poderosos, civiles o eclesiásticos. Sólo los humildes, los rebeldes, los marginados, los niños, los enamorados… Sólo ellos nos dan la mano.

Decía esto con enorme pasión y por mi memoria pasaban los niños abandonados de sus películas, las parejas apasionadas, los mendigos malditos, los sacerdotes humillados por su devoción cristiana, todos los que renunciaban a la vanidad del mundo y sólo esperaban el abrazo de un hermano. ¿Los rebeldes también, le dije a Buñuel, los rebeldes también nos auxilian?

—Si no obedecen a ningún poder —contestaba Luis a mi pregunta—. Si son totalmente gratuitos.

Buñuel estaba imaginando en esos días un guión para una película que nunca realizó, basada en la historia del anarquista francés Ravachol, que empezó como ladrón y asesino. Mató en la provincia francesa a un anciano ropavejero y a un viejo ermitaño, violó la tumba de una condesa y pasó a cuchillo a dos solteronas dueñas de una herrería. Todo esto fue gratuito. Pero un buen día declaró que al ermitaño le robó el dinero, así como a las solteronas herreras, y las joyas con que la condesa fue enterrada, para obtener dinero para la causa anarquista.

Los anarquistas no le dieron su bendición, sin embargo, hasta que Ravachol se trasladó a París y, con un asistente llamado Simón el Bizcocho, se dedicó a fabricar bombas para ponerlas a las puertas del domicilio de los jueces. Por desgracia, el Bizcocho se equivocó de puertas y no murieron los jueces, sino unos transeúntes. Esto, en sí mismo —comentaba Buñuel— le daba una fantástica gratuidad al hecho.

Sólo al ser ejecutado Ravachol el 11 de julio de 1892, los anarquistas lo reclamaron para sí, lo canonizaron y hasta inventaron un verbo, ravacholizar, que significaba hacer volar en pedazos y que dio pie a una bonita canción, *Dansons la ravachole vive le son de l'explosion!*

—Al subir al cadalso, gritó viva el anarquismo. Era hijo ilegítimo y usaba colorete para disimular la palidez de sus mejillas.

—¿Aprueba usted de él, Luis?

—En teoría sí.

—¿Qué quiere decir?

—Que el anarquismo es una maravillosa idea de libertad, no tener a nadie encima de uno. Ningún poder superior, ninguna cadena. No hay idea más maravillosa. No hay idea menos practicable. Pero hay que mantener la utopía de las ideas. Si no, nos convertimos en bestias. También la vida práctica es un hoyo negro que nos lleva a la muerte. La revolución, la anarquía, la libertad son los premios del pensamiento. No tienen más que un trono, nuestra cabeza.

Dijo que no había idea más hermosa que volar el Louvre y mandar al carajo a la humanidad y a todas sus obras. Pero sólo si permanecía como idea, si no se lleva a la práctica. ¿Por qué no distinguimos con claridad entre las ideas y la práctica: qué nos obliga a convertir la idea en práctica? ¿Y hundirnos en el fracaso y la desesperación? ¿No se bastan los sueños a sí mismos? Estaríamos locos si le pedimos a cada sueño que tenemos cada noche que de día se vuelva realidad o lo castigaremos. ¿Alguien ha podido fusilar un sueño?

—Sí —le dije— aunque no con fusiles, sino con lanzas. El emperador azteca Moctezuma reunió a todos los que habían soñado con el fin del imperio y la llegada de los conquistadores, y los mandó matar…

Miró su reloj. Eran las siete. Debía retirarme. No le interesaban los aztecas y México le parecía un muro protector, con las cornisas plantadas de vidrios rotos.

XXVII

Estoy sentado frente a mi esposa, Luisa Guzmán, en el gran salón de la casa que juntos ocupamos durante diez años en el barrio empedrado de San Ángel. Cada uno tiene un vaso de whisky en la mano, cada uno mira al otro y piensa algo, lo mismo, o distinto de lo que piensa el otro. Los vasos son pesados, panzones, con un fondo grueso y fluctuante como el ojo de un pulpo en el fondo del Mar de los Sargazos. Ella, además, abraza a su panda de peluche.

La miro, pienso y me digo que hay que hacer algo que no se parezca al resto de nuestra vida. En eso consiste la imaginación. Pero mirándola sentada frente a mí, imaginándola como ella me imagina, prefiero ser claro y escueto. Luisa Guzmán en aquellos años no administraba mi vida social —era huraña— ni mi vida financiera —era supremamente indiferente al dinero. Apoyaba mi vida literaria: tenía paciencia para mi tiempo de escritor y de lector. Administraba, sobre todo mi vida sexual, es decir, no la obstaculizaba, creía que su abstención aseguraba mi próximo retorno. Así había sido siempre.

En todo caso, sentado allí mirándola como ella me miraba a mí con toda la carga del recuerdo sobre nuestros hombros, supe que en cada ocasión, ella se había adelantado a mí. No pudo concebir ella misma una fidelidad a prueba del éxito que conoció mi primer libro. A los veintinueve años obtuve una celebridad que yo mismo no celebré demasiado, pues si algo supe siempre es que la literatura es un largo aprendizaje, expuesto, en todo momento, a la imperfección si nos va bien, a la perfección si nos va mal, y al riesgo siempre, si queremos merecer lo que escribimos. No me creí los elogios que me tocaron, pues me sabía muy lejos de alcanzar las metas que imaginaba, ni los ataques que me prodigaron. Escuché las voces de los amigos, y todas me animaban. Escuché la mía y sólo oí esto:

—No te conformes con el éxito. No lo repitas fácilmente. Imponte desafíos imposibles. Más te vale fracasar por lo alto que triunfar por lo bajo. Apártate de la seguridad. Asume el riesgo.

No sé en qué momento de nuestra relación, Luisa sintió que yo necesitaba más, algo más pero junto a ella, que fuera el equivalente erótico del riesgo literario. O de la ambición. Habíamos reído mucho cuando, a la semana de habernos enamorado ella y yo, un muy famoso escritor mexicano fue a visitarla para reclamarle que me hubiese preferido a mí sobre él.

—Yo —le dijo— soy más famoso, más guapo y mejor escritor que tu novio.

El asombro de Luisa y el mío se debió más que nada a la impávida continuidad de la amistad del gran autor con ella y conmigo. Fracasó su delirante petición de mano (o cambio de mano) pero nunca cambió su sonrisa amable ni, lo sabíamos siempre, su ambición sin límites, tan simpática y bien fundada, aunque él la imaginase tétrica, aunque segura, de obtener poder y gloria con las letras. Luisa me enseñó (o me confirmó en) la certeza de que más vale ser persona humana que glorioso autor. Pero a veces ser persona implica una crueldad mayor que la ingenua promesa de la fama literaria.

Ahora, sentados el uno frente al otro, sin necesidad de que yo le dijera que no podía privarme de Diana Soren, ella sin decirme palabra, abrazada a su panda de peluche y con un vaso de whisky en la mano, me recriminaba toda la crueldad acumulada de nuestra relación y me echaba en cara la facilidad con que disimulaba la crueldad con la careta de la creación literaria. Sus ojos me dijeron: Estás dejando de ser persona. Mientras lo fuiste, respeté tus amoríos. He acabado por entender que no te respetas a ti mismo. No respetas a las mujeres con quienes te acuestas. Las usas como pretexto literario. Yo me niego a seguirlo siendo.

—Es tu culpa. Debiste poner un hasta aquí desde la primer vez que me fui con otra.

—Tierno y malvado, ¿cómo quieres…?

—Llevas años aceptando mis infidelidades…

—Perdón. Ya no puedo competir con tantos esfuerzos de la imaginación y la fantasía de todo el género femenino…

—Por mantener nuestro amor acabamos por matarlo, tienes razón…

Me arrojó con fuerza el vaso pesado como un cenicero, pegándome en el labio inferior. Miré con melancolía al melancólico panda, me levanté acariciándome el dolor del labio y me fui para siempre.

XXVIII

No encontré a Mario Moya. Estaba en una conferencia sobre población en Bucarest y no regresaría antes de dos semanas. Me encogí de hombros y me imaginé que el asunto podía esperar. Era más o menos el tiempo que faltaba para que terminara el rodaje en Santiago y todos nos regresáramos a... ¿Adónde se iría Diana, adónde yo? ¿Seguiríamos juntos? Lo dudaba. En París la esperaba su marido. En Los Ángeles, un Pantera Negra con el que hablaba por teléfono a las tres de la mañana. En Jeffersontown, un novio idealizado, perdido, un Tristán del Medio Oeste que ahora, quizá, era un farmacéutico barrigón, hinchado de cerveza Miller Light y fanático de los Chicago Cubs.

No me hacía ilusiones. No seguiría conmigo rumbo a un idílico campus norteamericano cubierto de hiedra. Lo que yo no quería es que nada interrumpiera el tiempo actual, el tiempo juntos en Santiago y después, con suerte, unos días en México, una cita en París... Me hacía ilusiones sobre un verano juntos en la isla que ella y yo adorábamos, Mallorca, que yo acababa de explorar con una amiga maravillosa, la escritora Hélène Cixous, y donde Diana e Iván tenían una casa... Todo, me decía yo en el vuelo de regreso a Durango, todo menos perderla estas dos semanas que faltan. Incesantemente, una posibilidad regresaba a mi cabeza, excluyendo cualquier otra. Yo era su amante porque no dejaban entrar a

México a su verdadero *lover*, el líder de los Panteras Negras. ¿Debía yo adelantarme a un desaire, anticipar la ruptura, ser yo quien tomara la iniciativa de romper con ella, antes de que ella, más que romper, abandonara, dejara, olvidara lo nuestro?

La llamé un par de veces desde México. Me es difícil comunicarme por teléfono. La invisibilidad del interlocutor me llena de impaciencia y angustia. No puedo cotejar las palabras con la expresión facial. No puedo saber si quien me habla está solo o acompañado, vestido o desnudo, maquillado o lavado. La mentira es el precio del progreso. Mientras más se nos adelantan los progresos tecnológicos, más compensamos nuestro retraso moral o imaginativo con el arma disponible: la mentira. Acabo de salir de la ducha. Estoy desnuda. Estoy a punto de salir. Perdóname. Estoy sola. Estoy sola. Estoy sola.

—Te amo, Diana.

—Las palabras son muy bonitas y no cuestan caro.

—Te extraño.

—Y sin embargo no estás aquí. Vaya, vaya.

—Regreso el viernes. Pasaremos juntos el fin de semana.

—Muero de impaciencia. Adiós.

No tuve tiempo de decirle que temía por ella, que se cuidara, que por eso había venido a México, a tratar de saber algo y protegerla. Pero mis relaciones con el gobierno de Díaz Ordaz eran pésimas, sólo tenía un amigo en él, mi compañero de estudios Mario Moya, subsecretario de Gobernación, y él no estaba.

—Vine por ti, Diana, aquí estoy por ti —hubiera querido gritarle, pero estaba inseguro del asunto, no corría prisa, me dije. Me preocupaba más, ahora, saber qué cara tenía la mujer cuando me hablaba con semejante brusquedad. ¿Era ése el siguiente avance técnico: el teléfono con pantalla para mirar la cara del que nos habla? Qué atroz violación de la intimidad, me dije, qué complicación infinita: estar siempre listo, peinado, maquillado, vestido (o desvestido, según la versión). O despeinándonos velozmente para justificar nuestra modorra: "Me despertaste, querido, estaba durmiendo, sola". Y un panzón bigotudo con playera al lado, mirando futbol por televisión y engullendo un tarro de cerveza.

Empezó a perseguirme la idea de Diana como un objeto de arte que era necesario destruir para poseer. En el sexo como en el arte, el placer interrumpido es un veneno, también asegura una ambigüedad que es el líquido amniótico de la pasión y del arte. ¿Podía yo salir del éxtasis a costa de destruir el objeto que lo provocaba, Diana? ¿Debía, en otras palabras, adelantarme a ella? ¿Debía asegurar desde ya la continuidad posible del placer en su única atmósfera, la de la ambigüedad, la de un pudo ser o no ser, nada se resolvió, todo permaneció en el maravilloso reino de lo posible, donde las alternativas, de un relato o de una pasión, se multiplican y se abren en abanico, comprometiendo, pero enriqueciendo, nuestra libertad?

Aterrizamos en Santiago a las cinco de la tarde sin que yo pudiese darle contestación a mis propias preguntas.

El trayecto del aeropuerto a la casa de Diana me pareció, esta vez, particularmente largo. El tedio de la ciudad, a medida que se cerraban los comercios y las cortinas iban cayendo como estruendosas cataratas de metal, sólo era roto por el largo mecerse de los árboles y la sombra creciente de la montaña que se apoderaba de la ciudad. Vi guajolotes inquietos y bardas de cactos arañadas, cubiertas por los signos de los amantes, nombres, Agapito loves Cordelia, corazones entrelazados, heridas mortales que dejaban en la savia verde una cicatriz parda.

—¿Qué pasa? —le pregunté al taxista—. ¿Por qué vamos tan despacio?

—Es una manifestación —dijo el chofer—. Otra protesta de los estudiantes. ¿Por qué mejor no se dedican a estudiar? Bola de vagos.

La plaza central olía a mostaza. Una nube vaga y tediosa la cubría. La gente salía corriendo por las bocacalles, tosiendo, tapándose la nariz con pañuelos, suéteres, periódicos. Imaginé al gobernador ladrando detrás de una ventana. Vi al joven líder Carlos Ortiz pasar corriendo, con sangre corriéndole por la cabeza.

—Cierre sus ventanas, señor, y agárrese bien.

Dio una vuelta en U y se escapó hacia el barrio donde se encontraba mi casa provisional, mis papeles y mis libros. Sentí que el paisaje de Santiago se desmoronaba, que sus habitantes, velozmente, perdían sus facciones...

XXIX

La cara de Azucena me dio mala espina. Ella nunca demostraba nada. Sus emociones me eran desconocidas. Hablábamos a veces, muy cordialmente, como he dicho. Nos unía la lengua. Ciertos versos que todos aprendimos en las escuelas de habla española. "Ayer se fue. Mañana no ha llegado."

Yo la respetaba, como también he dicho, por su dignidad, su orgullo en hacer bien lo que le tocaba hacer bien en este mundo. En el mundillo de Hollywood trasplantado a Santiago, ella era la única, finalmente, que ni se compadecía a sí misma ni vivía devorada por el afán de ascenso. Era superior a su ama. No quería ser otra. Era otra. Era ella.

Ahora me recibió en la casa iluminada a medias, extrañamente silenciosa, con un mohín desacostumbrado, en el que tardé en descubrir una actitud de simpatía, de afecto, de solidaridad con la otra persona hispánica de la casa. Por un minuto me sentí perfectamente melodramático, como el poeta Rodolfo preguntándole a sus compañeros de la bohemia por qué van y vienen en silencio, por qué lloran. Mimí ha muerto. Azucena disimulaba, sin quererlo, seguramente, algo parecido a un anuncio fúnebre.

—¿Diana? —pregunté, como lo hubiese hecho en voz alta, sólo que ahora casi en susurro, como si temiese interrumpir una novena a la virgen.

—Aguárdala aquí. Ya viene —dijo Azucena y me invitó a esperar en la sala.

Caía la noche. Lew Cooper no estaba, como era su costumbre, en la barra preparándose un coctel, autorizado por el rudo trabajo en exteriores. La puerta de la recámara estaba cerrada. Pero allí estaba mi ropa, y en el baño mis pastas de dientes italianas. Me dirigí, impaciente, enojado, al rincón de la galería donde estaba dispuesta mi máquina de escribir, mis papeles y libros. Alguien había introducido el orden en ellos. Todo estaba apilado en montoncitos perfectamente simétricos.

Me volví a buscar a Azucena, para reclamar esta violación de mi creatividad. En vez, allí estaba, dividida por la luz de la galería al caer la noche, mitad luz, mitad sombra, perfectamente partida en dos, como un cuadro femenino de Ingres, mi amada, Diana Soren. Avanzó hacia mí, separada de sí misma por la luz, sin cederle nunca un ápice de su persona luminosa a su persona sombría, ni algo de ésta a aquélla. Era tal el contraste que hasta su pelo rubio, corto, parecía blanco del lado del ventanal y negro del lado de la pared. El encanto era roto por el atuendo. Con una bata acolchada, color de rosa, abotonada hasta la garganta, totalmente doméstica, y un par de zapatillas felpudas, Diana Soren parecía un hongo invertido, una tachuela ambulante...

No fue esto —ni la magia de su aparición entre la luz y la sombra, ni el ridículo con que califiqué, instintivamente, su apariencia— lo que me impidió acercarme a tomarla en mis brazos, a abrazarla y besarla como siempre. No llegó hasta mí. Se detuvo y tomó asiento en un sillón de ratán, el objeto más imperial de esta casa desnuda de pretensiones, y me miró intensamente. Yo tomé asiento en mi silla de paja frente a la mesa de trabajo y me crucé de brazos. Quizás Diana había leído en mi pensamiento. Quizás imaginaba, como yo, cómo iba a terminar nuestro amor y qué le iba a seguir. Pensaba comunicarle, antes que nada, la inutilidad de mi viaje a México.

No averigüé nada de la supuesta amenaza del FBI que me insinuó el general Cedillo. Iba a decírselo, pero ella se adelantó, precipitada, brutal.

—Perdóname. Tengo otro amante.

Dominé mi azoro, dominé mi rabia, dominé mi curiosidad…

—¿En los Estados Unidos? —pregunté sin atreverme a mencionar mis indiscreciones telefónicas.

—Otro hombre está viviendo aquí.

—¿Quién? —le pregunté sin atreverme ahora, a pensar en El Retorno de Clint Eastwood y diciéndome, por lo menos, que a un Pantera Negra no lo dejarían pasar la frontera. ¿El *stuntman*? Me reí de mí mismo por pensarlo siquiera. Me reí aún más con la posibilidad extrema del viejo Lew Cooper durmiendo en mi cama, al lado de Diana.

—Carlos Ortiz.

—¿Carlos Ortiz?

—El estudiante. Lo has visto aquí en la ciudad. Dice que te conoce, te admira y ha hablado contigo.

—Qué tal si me odiara y me negara la palabra —traté de sonreír.

—Perdón.

—No se trata de perdonar. Se trata de hablar.

—No me gusta dar explicaciones.

Me puse de pie encabronado.

—Se trata de hablar.

—Si quieres.

—¿Por qué, Diana? Creí que éramos muy felices.

—También sabíamos que se iba a acabar.

—Pero no así, de repente, antes de tiempo, antes de que terminara la filmación y con un muchacho…

—¿Más joven que yo?

—No, eso no importa.

—¿Entonces qué importa? ¿Herirte a ti, humillarte, crees que eso me gusta?

—No cumplir nuestro amor, no agotarlo, eso...

—No creo que nos faltara nada ya.

— Diana, yo te ofrecí todo lo que pude, seguir juntos si lo querías, ir juntos a una universidad —dije estúpidamente, ofuscado por una vaga sensación de ceguera sentimental repentina.

Con razón me contestó ella así, brutalmente, sin sentimentalismo.

—No seas ingenuo. ¿Yo pasarme la vida en un pueblito de mierda, cubierto de hiedra, pero hecho de nada? Estás loco.

—¿Por qué, porque vienes huyendo de otro pueblito, porque no quieres nunca darte a ti misma la oportunidad, el chance, sabes, de regresar a tu casa y volver a salir de allí, renovada?

—Querido, deliras. Yo me sentía ahogada en ese pueblo. Hubiera salido de allí como fuera.

La interrogué con ternura. Creo que lo sintió porque añadió algo que me gustó; dijo que no la malinterpretara, en Jeffersontown se sentía ahogada no sólo por la pequeñez del pueblo, sino por la inmensidad de la naturaleza que la rodeaba. Era un mundo inaprensible.

¿Y en el mundo que escogiste, le pregunté, te sientes protegida? ¿Nunca sabrás quién eres, Diana? ¿Tienes que estar protegida por otros, por la secta, por la gente bonita, el *jet set*, los Panteras Negras, los revolucionarios, quien sea con tal de que haya ruido, llanto, alegría, bullicio y pertenencia, eso es lo que quieres, eso es lo que yo no te doy, sentado en un rincón escribiendo horas enteras?

Estaba haciendo el ridículo. No me controlaba. Caía en todo lo que detestaba. Merecía la respuesta de Diana.

—Yo sé quién soy.

—¡No sabes! —le grité—. Ése es tu problema. Te oí hablar por teléfono con el negro. Quieres ser otra, quieres asimilarte al sufrimiento de los demás para ser otra. Crees que nadie sufre más que un negro. ¿Cuándo vas a descubrir, pendeja, que el sufrimiento es universal, incluso blanco?

—Carlos me lo está enseñando.

—¿Carlos? —dije como un eco no sólo de mi propia voz, sino de mi propia alma, incapaz de decirle a Diana que acababa de verlo, herido, en una manifestación en el centro de la ciudad.

—Te había leído —dijo Diana fríamente.

—¿Él? Ya lo dijiste.

—No: yo. Creí que eras un revolucionario de verdad. Alguien que pone sus actos donde pone sus palabras. No es cierto. Escribes pero no haces. Eres como los liberales gringos.

—Estás loca. No entiendes nada. La creación es un acto, el único acto. No tienes que morirte para imaginar la muerte. No tienes que ser encarcelado para describir lo que es una prisión. Y de nada sirves fusilado, asesinado. Ya no escribes más libros.

—El Che fue a que lo mataran.

—Era un mártir, un héroe. Un escritor es algo mucho más modesto, Diana —le iba diciendo, exasperado, pero ahora, posiblemente, dueño de mis razones.

—Carlos es capaz de subir a una montaña a luchar. Tú no.

—¿Y eso qué tiene que ver contigo? ¿Lo vas a seguir? ¿Vas a ser soldadera?

—No. Su base está aquí. Aquí lucha. Nunca me seguirá.

—¿Eso es lo que te resulta cómodo, verdad? Saber que ese pobre muchacho no te seguirá, a menos que deje de ser guerrillero y se convierta en gigoló. Pobre Diana. ¿Quieres ser otra? ¿Quieres ser la partera de la revolución universal? ¿Quieres el papel de Juana de Arco casada con Malcolm X? Déjame decirte algo: trata de ser una buena actriz. Ése es tu problema, querida. Eres una actriz mediocre, blanda, y quieres compensar tu mediocridad con todas las furias de tu persona diaria. ¿Por qué no haces en serio los papeles que te toca interpretar en el cine? ¿Por qué los rechazas y asumes los personajes de los que sólo has oído hablar?

—No entiendes nada. A ti yo ya te tuve.

—Un mes, tres semanas y cuatro días...

—No, ya te conozco, ya sé quién eres, lo debí saber desde el primer momento, me dejé arrastrar por la imaginación de que eras distinto, acción y pensamiento, como Malraux...

—Por Dios, ahórrame las comparaciones odiosas...

—Ingenuo. Sólo me ofreces decencia. Ingenuo. Decente. ¡Y culto!

—Puros defectos, ya ves...

—No, admiro tu cultura. De verdad. Sólida base, qué duda cabe. Muy sólida. Clásica, profesor, clásica.

—Gracias.

—En cambio este muchacho... —dijo con una ferocidad que no le conocía, un salvajismo alucinante, como si finalmente me mostrara el lado oculto de la luna—. Este muchacho tiene todo mal, huele mal, tiene los dientes podridos, necesita ir a un dentista, no sabe comer, no tiene ningún refinamiento, es rudo, temo que me golpee, y por todo eso me gusta, por todo eso me resulta irresistible, ahora necesito un hombre que no me guste, un hombre que me devuelva al *gutter*, al albañal, al desaguadero, que me haga sentir nadie, que me obligue a luchar de nuevo, a salir desde abajo, a sentir que no tengo nada, que me hace falta ganarlo todo, que me haga correr la adrenalina...

Corrí a abrazarla. No lo resistí más. Estaba llorando y se abrazó con fuerza a mí, pero no dejó de hablar, entre sollozos, estás loco, no busco a un negro, o a un guerrillero, busco a alguien que no sea como tú, aborrezco a la gente como tú. Decente y culta, no quiero a un autor famoso, decente, refinado, occidental por muy mexicano que se crea, europeo como mi marido, eres mi marido de vuelta, la repetición de Iván Gravet, otra vez lo mismo, me aburre, me aburre, me aburre, por lo menos mi marido sí luchó en una guerra, sí vino huyendo de Rusia, perseguido por judío, por niño, por pobre, ¿tú de qué has huido?, ¿qué te ha amenazado?, siempre has tenido la mesa puesta, y siempre has estado corriendo detrás de mí, tratando de alcanzarme, de alcanzar mi imaginación... ¡Eres mi marido de vuelta, sólo que Iván Gravet es más famoso, más europeo, más culto, más refinado, mejor escritor que tú!

Agarró aire, tragó sus propias lágrimas. —No tolero a un hombre como tú.

Se separó, me dio la espalda. Caminó hasta la barra. La seguí. Se preparó un *highball* con manos temblorosas. Me habló dándome la espalda.

—Perdón. No quería herirte.

—Mejor bebe. No te preocupes —le dije poniendo mi mano sobre su hombro; error.

—No. No me toques.

—Te voy a extrañar. Voy a llorar por ti.

—Yo no —me dio la mirada final, la junta de todas sus miradas, los ojos alegres, cansados, alumbrados, desiertos, fugaces, huérfanos, memoriosos, altruistas, conventuales, prostibularios, afortunados, desgraciados, muertos.

Pestañeó repetidas veces, de una manera extraña, onírica, casi de loca, y dijo esto: —No llores por mí. Dentro de diez años, tu *gamine* será una vieja de más de cuarenta años. ¿Qué vas a hacer con un tordo de nalgas anchas y piernas cortas? Dale gracias a Dios de que te sales a tiempo. Cuenta tus bendiciones y corta tus pérdidas. Adiós. *Désolé*.

—*Désolé*.

Azucena me ayudó a recoger mis cosas. Sacó de la recámara mi ropa. Le pregunté con la mirada si el estudiante estaba allí. Nos entendíamos sin hablar. Negó con la cabeza. No hacía falta que me ayudara. Lo hacía con buena voluntad, para que no me sintiera solo, o corrido, o engañado, o mal visto por ella, en último caso. También ella sabía que no necesitaba su ayuda; le hice sentir que se la agradecía. Cambiamos pocas palabras, mientras guardábamos en mis dos maletas los documentos, los libros, los papeles, las plumas, y yo cubría cuidadosamente la máquina de escribir.

—Ella también fue debutante. Le gusta ayudar a los que empiezan.

Me reí. —La partera de la revolución, ya se lo dije.

—Vive muy angustiada. Tómalo en serio. Se siente perseguida.

—Creo que tienes razón. A ratos creía que era puritita paranoia. Empiezo a creer que tiene razón. El muchacho sólo le va a complicar la vida.

—A Diana le gusta el riesgo. Tú no se lo dabas.

—Ya me lo hizo saber. Dile que se cuide. No pude hacer nada por ella en México. Ojalá que disfrute mucho su nuevo amor.

Azucena suspiró. —Una mujer bella no busca la belleza en su compañero.

Me pareció un comentario cruel dicho por ella. Imaginé los papeles cambiados. Azucena y un hombre guapo. La ecuación era injusta. Una vez más, el que ganaba era el hombre. Nunca la mujer.

En el pasillo, me crucé con Lew Cooper. No me dijo nada. Sólo gruñó.

XXX

Los celos matan el amor, pero no el deseo. Éste es el verdadero castigo de la pasión traicionada. Odias a la mujer que rompió el pacto de amor, pero la sigues deseando porque su traición fue la prueba de su propia pasión. Esto fue cierto con Diana. No acabamos en la indiferencia. Tuvo la inteligencia de insultarme, rebajarme, agredirme salvajemente para que yo no la olvidara resignadamente; para que yo siguiera deseándola con ese nombre pervertido de la voluntad erótica que son los celos.

Vi por última vez la casa de Santiago en la penumbra de un atardecer del mes de febrero, convertida en una fortaleza inexpugnable. Esa casa por donde yo entraba y salía a mis anchas, donde había escrito cotidianamente, me era ahora ajena, repugnante. Quería ponerle sitio, como los romanos a la Numancia ibérica, quemarla y asesinarla como las legiones a la Massadah judía. Con ese deseo la miré de despedida, la rodeé con mis últimos pasos, como si en vez de penetrar a Diana pudiese penetrar la casa que compartimos.

El destino me había dado a esta mujer. No me la podía quitar otro hombre. Mucho menos alguien que yo consideraba un correligionario, un estudiante de izquierda, un traidor... El aire fétido del gas lacrimógeno llegaba desde el centro de la ciudad y yo llegué a desear, en ese instante, que el ejército capturara a mi rival, y que el general Cedillo en persona le cortara los cojones y si se escapaba, que yo lo encontrara un día y tuviese el coraje de matarlo yo mismo. Una sonriente ironía, sin embargo, se apoderó de mí al pensarlo:

—No le quites ese gusto al gobierno.

Norman Mailer dice que los celos son una galería de retratos donde el celoso es el curador del museo. Repetí la imagen de todos y cada uno de mis momentos con Diana, pero ahora con el joven estudiante en mi lugar, en mis posturas, gozando de lo que había sido mío, llenándose la boca de sabor de durazno, gozando la sabiduría sin límite de las caricias de Diana, convertido en el espectador único del lago donde la Cazadora se refleja...

Los celos son como una vida dentro de nuestra vida. Podemos tomar un avión, regresar a la capital, llamar a los amigos, empezar a escribir de nuevo, pero todo el tiempo estamos viviendo otra vida, aparte aunque dentro de nosotros, con sus propias leyes. Esa vida dentro de la nuestra se manifiesta físicamente. Como dice la expresión popular, nos hace circo en la barriga. Amanecemos con el Atayde desatado en la panza, es la verdad. Una marea salvaje, amarga, biliosa, se agita, sube y baja del corazón a las tripas y de las tripas al sexo baldado, inútil, convertido en herido de guerra. Dan ganas de colgarle una medalla al pobre pene. Y luego una corona fúnebre. Pero la marea no celebra nada ni se detiene por mucho tiempo en ninguna parte del cuerpo. Lo recorre como un líquido venenoso y su objetivo no es destruir el cuerpo, sino asediarlo y exprimirlo para que sus peores jugos asciendan a la cabeza, se fijen verdes y duros como escamas de serpiente en nuestra lengua, en nuestro aliento, en nuestra mirada...

Por un momento, la ruptura me hizo sentirme expulsado de la vida. Igual se siente la muerte de un ser querido. Sólo que este dolor lo podemos manifestar. El dolor de los celos hay que esconderlo, oscuro y envenenado, para evitar la compasión o el ridículo. El celo expuesto nos expone a la risa ajena. Es como volver a la adolescencia, esa edad infausta en la que todo lo que hacemos públicamente —caminar, hablar, mirar— puede ser objeto de la risa del otro. La adolescencia y los celos nos separan de la vida, nos impiden vivirla. Lo curioso de esta experiencia mía era que me sentía separado de la vida pero no por el temor adolescente al ridículo, sino por la tristeza fatal de la vejez. Diana me hizo sentirme, por primera vez, viejo. Había cumplido cuarenta años. Mi rival no tenía más de veinticuatro. Diana, treinta y dos. Me reí. Una vez que quise entrar con una chica norteamericana de dieciocho años a una discoteca en Italia, el guardián me impidió el paso, diciéndome: —Es sólo para jóvenes. —Soy su papá —dije impávido.

Entonces tenía treinta y cinco años. Ahora, ¿cuántas puertas no se cerrarían, una tras otra? Ella dijo que lo hacía por mi bien. Dentro de diez años, sería una nalgona con celulitis. Sentí no haberle dicho que no, que podía ser otra, ella lo quería, si se entregaba a su profesión, si dejaba de buscar fuera de la actuación los papeles que le dieran sentido a su vida… Pensando esto, quise convencerme de mi propia superioridad. Me bastaba trabajar seriamente en lo mío para no envejecer ni en diez años ni en cien. Éste era el poder de la literatura. Pero la condición es compartir ese poder con otros. Y yo, ya lo dije antes, sentía una pérdida de esa fuerza inicial, en eso me parecía a Diana. Mi unción literaria, como la de su Santa Juana, se había desgastado. El aura del inicio se desvanecía, fatalmente. ¿Cómo reanimar la llama?

Regresé de Santiago con un puñado de papeles inservibles. Me bastó leerlos fríamente, como contrapunto a mi convulsión interior, ardiente, para saber que no servían. Iba a publicarlos de todas maneras. Tenían un propósito político. Aunque si nadie los leía, ¿cuál fin político cumplirían? Me engañaba voluntariamente a mí mismo. Necesitaba mentirme como creador para sobrevivir como hombre. Pero en el centro de mi deseo agitado, una convicción brillaba con fuerza cada día mayor. El *otro* del escritor no está allí, hecho y derecho, esperando lo que espera que le den. El *lector* debe ser inventado por el *autor, imaginado* para que lea lo que el autor *necesita* escribir, no lo que se espera de él. ¿Dónde está ese lector? ¿Escondido? Hay que buscarlo. ¿Nonato? Hay que esperar pacientemente a que nazca. Escritor, tira la botella al mar, ten confianza, no traiciones tu propia palabra, aunque hoy no la lea nadie, espera, desea, desea aunque no te quieran…

Jamás podría decirle esto a Diana Soren. Saldría algo melodramático, inútil: —Hay grandes papeles para las actrices maduras.

Sería inútil porque Diana Soren, a esta altura de su vida, no sabría qué hacer con su propio éxito.

Me di cuenta de esto y la quise más que nunca. Volví a quererla. Pensar esto me salvó de mi propio celo, de mi vivir interrumpido, de mi ruptura y expulsión de la vida, de mi vida dentro de mi vida pero separado de mi vida: es decir, de mis celos. La vi, con la pequeña distancia ganada, como una mujer que sí sabía, finalmente, quién era. Una extranjera en todas partes, condenada a la soledad y al exilio. Una activista política, condenada esta vez a la desesperanza, a la irrelevancia y finalmente, otra vez, a la soledad. Una actriz madura, condenada a la decadencia, el olvido y, para siempre, otra vez, a la soledad. La historia de Diana Soren era la historia de sus soledades. Diana era una cazadora solitaria.

¿Compartíamos eso ella y yo? No podía formular más que una respuesta. Yo lo habría dado todo por ella, sólo porque ella no habría dado nada por mí.

Aceptar esta verdad era alejarme para siempre de Diana, renunciar a toda ilusión romántica de volvernos a ver o pasar una temporada juntos… Quizá, no nos quedaba más que un lazo de unión. Podíamos contarles una novela a todos los que han querido librarse de una situación amatoria sin dañar a nadie. Es imposible.

Pensé en Luisa. Me devoraban los celos hacia Diana mientras que mi amor por Diana moría. Ese amor quise dárselo a Luisa. Con ella no sentía celo alguno, podía ser la receptora de un amor que yo ya no quería disipar en mi juego de espejos, mi ansiedad combinatoria... Me engañaba, una vez más, a mí mismo.

Es cierto que ella aceptó, una vez más también, las reglas de nuestro pacto. No había en ello debilidad o sumisión, sino una fortaleza activa. Nuestro pacto sobrevivía a todos los accidentes pasajeros. Teníamos una casa, una hija, un grupo de amigos, todo lo que hace posible esa vida diaria que con Diana era imposible.

Digo que me engañaba solo. Vendrían otras tentaciones irresistibles. Las actrices extranjeras se aburren en periodo de locación. Quieren compañía pero no peligro. Se comunican nombres entre ellas: en la India, Fulano; en Japón, Mengano; en México, Zutano. Caballeros que te sacan a pasear, son correctos, guapos, inteligentes, lucidores, buenos amantes, discretos... ¿Cómo resistir la parada de bellezas que formaban parte de ese circuito de información al cual, para mi alegría eterna, yo pertenecí a los cuarenta años de edad? ¿Cómo negarme al juego de espejos en el que se iban reflejando, imagen dentro de la imagen dentro de la imagen, la pasión y los celos, el deseo y el amor, la juventud y la vejez, el pacto del amor y el pacto diabólico: aplázame el día del juicio, déjame gozar un día más de mi juventud, de mi sexo, de mis celos, de mis deseos... pero también de mi pacto con Luisa? ¿Tan largo me lo fiáis?

Ella no se engañaba: "Siempre regresará a mí", le decía a nuestros amigos. Sabía que debajo de esta marea incesante se sedimentaba, sin embargo, una estabilidad necesaria en la que el amor y el deseo se unieran sin violencia, descartando la necesidad del celo para incrementar el deseo, o la necesidad de la culpa para agradecer el amor. Luisa esperaba pacientemente, detrás de su hermosísima máscara mestiza, el día inevitable en que una sola mujer me diera todo lo que yo necesitaba. Una sola. No era ella.

Se fue Diana. Se fue cuando empezaban las lluvias en México y el aire volvió a ser de cristal y oro por un solo día.

XXXI

Una parte del drama final de Diana Soren lo leí en los periódicos.

Diana salió de México embarazada. Yo no lo sabía. El FBI sí. Con esta información en la mano, decidieron destruir a Diana. ¿Por qué? Porque era una figura emblemática del *radical chic* hollywoodense, la celebridad que presta su fama y entrega su dinero a las causas radicales. Diana, cuando la conocí, era partidaria de los Panteras Negras. Ya he contado cuál fue la relación que yo conocí, de noche y por teléfono. Conocía los matices de su apoyo. El FBI no sabe de sutilezas. Quiero imaginar que "el gran público" norteamericano hacía una diferencia, por ejemplo, entre la política integracionista de un Martin Luther King y la política separatista de un Malcolm X. Creo que durante los años de los que estoy hablando, muchos norteamericanos blancos (muchos amigos míos) apoyaron la protesta civil de King como un ideal progresista: la integración gradual del negro a la sociedad blanca de los Estados Unidos, la conquista por el negro de los privilegios del blanco. Malcolm X, en cambio, abogaba por una nación negra separada, opuesta al mundo blanco pues éste sólo conocía y aceptaba la injusticia. Si el mundo blanco era injusto consigo mismo, ¿cómo no iba a serlo con el mundo negro? Ambos, a la postre, vivirían en dos guetos separados por el color pero unidos por el dolor, la violencia, las drogas y la miseria.

Esta confrontación necesitaba un puente. Diana conoció en París a James Baldwin, el escritor que compartía con ella dos cosas, por lo menos: el exilio como soledad, y la búsqueda de otro norteamericano como fraternidad. Baldwin, entre los extremos, introducía la duda perpetua, enturbiaba a propósito las aguas para que nadie creyera —dos caras de la misma moneda— en la facilidad de la justicia o en la fatalidad de la injusticia racial. Baldwin no quería la integración humillada, caritativa. Tampoco quería que la unión del negro con el negro fuese la cadena del odio al blanco. Al blanco y al negro, al sureño y al norteño, Baldwin les pedía lo más simple y lo más difícil también: Trátennos como seres humanos. Nada más.

"Mírame", le pidió Baldwin a Diana, "mírame y pregúntate sobre la vida, las aspiraciones y la humanidad universal escondidas bajo mi piel oscura..."

Por las conversaciones nocturnas de Diana, creí que ella pensaba así. Quería ser dura contra el racismo y contra la hipocresía blanca, pero quería ser dura también contra un mundo negro separado radicalmente del blanco. La explicación me parece, habiéndola conocido, bien clara. Diana Soren quería verse como otra para verse como era. Corrió el peligro de sólo ver al negro que deseaba ver, y lo pagó caro. El FBI, como la KGB, la CIA, la GESTAPO o la DINA de Pinochet, necesitan simplificar el mundo para designar claramente al enemigo y aniquilarlo sin *arrière-pensées*. Las agencias político-policiacas que son los guardianes del mundo moderno y su bienestar necesitan enemigos confiables para justificar su empleo, su presupuesto, el pan de sus hijos.

Decidieron en Washington que Diana Soren llenaba perfectamente este papel. Famosa, bella, blanca, Santa Juana de las causas radicales (yo le llamé partera de revolucionarios sin imaginar que mi metáfora iba a ser, cruelmente, realidad). Diana fue observada y acosada invisiblemente y en silencio por el FBI. La agencia policíaca esperaba el momento de destruirla. Era cuestión de oportunidad. Diana Soren era destruible. Más que nadie. Creía que la injusticia se combatía no sólo con política, sino con sexo, con amor y con el abismo romántico. Esto la hacía perfectamente vulnerable. Cuando la agencia se enteró del embarazo de Diana en México o poco después, vieron la oportunidad de moverse, al fin, contra ella, aprovechando su flaqueza.

Entendí entonces las advertencias del general Agustín Cedillo y me maldije por no haber encontrado a Mario Moya en México o, simplemente, de haberle creído a Diana, de haberla relegado al desdén ("eres una paranoica") o de haberme encerrado, después, en la prisión de mis celos. Pero al cabo, ¿qué podía hacer yo? Supe muy tarde de estos sucesos. ¿Era yo el padre? No lo creo. Nuestras precauciones siempre funcionaron. ¿Lo era entonces el joven Carlos Ortiz, mi sucesor en los favores de Diana? Esto era más posible. En él, ella veía a un héroe revolucionario; en mí, una tediosa repetición de su marido.

Sin embargo, un revolucionario mexicano no tiene fuerza simbólica suficiente para que reaccione el gran público blanco, puritano y democrático, de los Estados Unidos. Es como tener un hijo con Marlon Brando —¡Viva Zapata!—, una experiencia exótica, asimilable. Pero que la estrella blanca, rubia, de ojos azules (¿o eran grises?), descendiente de inmigrantes suecos, nacida en un pueblecito del Medio Oeste, criada entre fuentes de soda y películas de Mickey Rooney, luterana, graduada del *High School* local, novia genérica del equipo de futbol, y singularmente de un chico sano y fuerte, privilegiada por los dioses, escogida entre doscientas mil aspirantes para interpretar a una santa; rica, libre, casada con un hombre famoso, mimada por el *jet set*; que esta favorita del Dios Blanco descienda al sótano del cruce de razas, de la turbia y oscura entrega de la feminidad caucásica a una brutal verga negra, esto era remover la noche del alma norteamericana, resucitar los fantasmas sangrientos de la castración, de los negros colgados con sus testículos en la boca, de las cruces en llamas, de las cabalgatas del Klan... Un mulato sólo era aceptable, imaginable, como hijo de hombre blanco y de mujer negra, el producto de un capricho o una desesperación del amo en la plantación, el amo blanco demasiado respetuoso de su mujer blanca, el amo blanco con derecho de pernada feudal, el amo blanco enervado por el largo embarazo de su propia mujer, el padre de los mulatos: un patriarca blanco... Pero que una mujer blanca fuese la matriarca del mundo canela, la pobladora de los bosques de niños bastardos, mestizos, degradados, del Nuevo Mundo, de la utopía americana, eso no, eso repugnaba a la conciencia más liberal, eso iba al centro mismo del pulso norteamericano, removía las tripas y los cojones de la decencia norteamericana. Tenía que ser un niño negro, hijo de un revolucionario negro y de una frívola, enloquecida actriz blanca. De lo contrario, se llegaba al horror total. La blanca era esclava del negro.

El FBI es paciente. Esperó hasta que la preñez de Diana se volviese obvia. La aprobación del plan de calumniarla empleó los siguientes términos: "Diana Soren ha apoyado financieramente al Partido de los Panteras Negras y debe ser neutralizada. Su actual preñez a manos de (nombre tachado) nos ofrece la oportunidad de hacerlo."

Procedieron de la siguiente manera.

Los agentes del FBI en Los Ángeles plantaron un rumor entre los columnistas de chismes cinematográficos. Hicieron circular una carta firmada por una persona inventada con un texto que decía lo siguiente:

"Estaba pensando en ti y recordando que te debo un favor. Figúrate que estuve en París la semana pasada y por casualidad me topé con Diana Soren preñada hasta las orejas... Al principio creí que se había vuelto a juntar con Iván, pero ella me confió que el padre era (nombre tachado) de los Panteras Negras. La chica se mueve y circula, ya ves. De todos modos, quise darte la primicia..."

Las columnas de chismes hollywoodenses comenzaron a repetir el rumor: "La noticia del día es que Miss D, la famosa actriz, está esperando un hijo. Se dice que el padre es un prominente Pantera Negra". La noticia se difundió, escaló las alturas de la credibilidad, ganó más respetabilidad que la Biblia y fue consagrada en una breve pastilla informativa de un semanario norteamericano de circulación internacional —tanto, que era una de las dos revistas que se podían comprar en la farmacia de la plaza de Santiago donde yo buscaba dentífricos y un joven estudiante se me acercó invitándome a charlar con su grupo...

—Excúsame —le dije entonces, me reía hoy—. No quiero comprometer a mis amigos norteamericanos. Soy su huésped aquí...

Esta publicación dio por primera vez el nombre de Diana. Ella e Iván demandaron a la revista por calumnia y ganaron, no sé si unos diez mil dólares.

Lo siguiente que supe es que Diana dio a luz prematuramente por corte cesáreo y que el bebé murió a los tres días.

Una semana después del parto, Diana voló de París a Jeffersontown para enterrar al bebé. Expuso el cadáver en la agencia funeraria. El pueblo entero desfiló alrededor del féretro, ansioso de comprobar el color de la piel.

—Blanco no es.

—Pero negro tampoco. No tiene facciones negras.

—Nunca se sabe con un mulato. Son engañosos. —¿Cómo sabes que éste es el verdadero bebé de Diana? A un feto negro se le tira a la basura fácilmente.

—¿Quieres decir que compró un cadáver de niño blanco sólo para exhibirlo aquí?

—¿Cuánto cuesta eso?

—¿Es legal?

—Mirándolo bien, es un niño blanco.

—Pero tocado por una brocha oscura, no te engañes.

—Entonces, ¿quién es el padre?

—Su marido dice que él...

Esto causó ondas de risa en toda la cola de curiosos.

Diana Soren no les hizo caso. Estaba demasiado ocupada tomando fotos del cadáver pequeñísimo en el ataúd blanco. Tomó ciento ochenta fotos del niño muerto.

XXXII

A fines de los setenta, conocí a Iván Gravet. Coincidimos
en un largo fin de semana en el castillo de una amiga común, Gabrielle van Zuylen, en el campo holandés. Gabrielle
es una mujer encantadora y bellísima, amante de los jardines y
amiga de Russel Paige, el magnífico diseñador de parques britá-
nico, sobre el cual ella escribió un libro monográfico.

El castillo es una mole imponente, sobre todo en medio
del paisaje llano de Holanda. Destaca, pues, como una montaña, pero Gabrielle se ha dedicado a extender, completar y
embellecer el paisaje holandés, tan tranquilo y vacuno, con el
misterio de la naturaleza inventada, variada, circular, de la imaginación barroca.

Entre las curiosidades del jardín, destacaba un laberinto
de altísimos setos cuya forma perfectamente geométrica, re-
gular como un caracol vegetal, sólo podía apreciarse desde
lo alto del castillo. Pero dentro del dédalo, el sentido de la
forma se perdía en seguida y por consiguiente, el de la orien-
tación. Los treinta invitados de Gabrielle, tarde o temprano,
ingresábamos al laberinto y en él nos perdíamos hasta que
ella, con la alegría inteligente que la caracteriza, acudía, riendo, a nuestro rescate.

Mi esposa, que teme los espacios sin salida, no quiso
participar en la exploración del dédalo y mejor acompañó a
Gabrielle a una visita al Museo Frans Hals de Haarlem. Yo

me aventuré con el deseo consciente de perderme. En primer lugar, porque quería ser consecuente con el propósito mismo del laberinto. En segundo término, porque estaba convencido de que entrar a él con el ánimo de salir era la forma más segura de convertirse en el prisionero del toro mítico que lo habita. En cambio, perderse, perdiendo la voluntad de salvación, era darle gusto al Minotauro, convertido en aliado, adormecer sus suspicacias. Así debió proceder Teseo.

Yo no tenía hilo de Ariadna. Pero al encontrarme de bruces, cara a cara, con Iván Gravet en el laberinto, pensé que Diana Soren era ese hilo al cual, de cierto modo, los dos nos confiábamos en ese instante, sólo en ése. Yo lo había visto, desde luego, a partir del viernes durante las cenas y almuerzos magníficos de Gabrielle. De noche, nos era exigido el *smoking* y sólo Iván, entre todos los hombres, era la excepción de la regla. Vestía un saco que sólo puedo comparar con los que he visto en fotografías de Stalin o de Mao: una túnica gris, abotonada hasta el cuello, sin corbata, con mangas largas, demasiado largas. No era lo que en los setenta se llamó, en ataques de moda tercermundista, un Mao o un Nehru. La chaqueta de Iván Gravet parecía comprada de veras en el GUM de la Plaza Roja, o heredada de algún miembro del Politburó. La última vez que la vi fue en una fotografía del bien olvidado Malenkov. Jruschov ya usó sólo saco y corbata. En el atuendo de Iván Gravet —que no se quitó durante las tres noches del castillo— había la nostalgia de un mundo ruso perdido; había humor pero también había luto...

Reímos al encontrarnos. No era posible hablarse de otra manera, dijo Iván, nos hemos dado cita en el laberinto. ¿Por qué?, le pregunté; yo nunca he dicho nada, nadie nos ligaría; además, estamos en otro país y la puta ha muerto, dije brutalmente, curioso por saber más pero deseando, también, precipitar la reacción de Iván en el poco tiempo que nos otorgaba el laberinto. Qué curioso: sentí que los dos le dábamos menos importancia y menos tiempo a un dédalo creado para aprisionar eternamente a quienes se aventuraban en él, que al paso por la aduana de un aeropuerto.

—Es que tú no conociste la dificultad de amar a una mujer a la que no puedes ni ayudar, ni cambiar, ni dejar —me dijo.

Asentí. Diana era parte de un pasado que ya no me concernía. Desde hace ocho años, vivía con mi nueva esposa, una muchacha sana, moderna, activa, bellísima e independiente, con la cual tenía dos hijos y una relación sexual amorosa, personal, en la que ambos nos medíamos sin someternos el uno al otro, conscientes de que la continuidad de nuestra relación dependía de que ninguno de los dos la tomara, jamás, como algo seguro, acostumbrado, regalado sin esfuerzo de nuestra parte. Lejos de Diana, lejos de mi pasado, me sentía cerca aún de mi alegría literaria recuperada. No quemé las hojas escritas en Santiago al lado de Diana, pero de ellas salté, con más poder y convicción que nunca, a la obra que me esperaba, me reclamaba y que me dio la mayor alegría de mi vida. No quería terminar de escribirla. Ninguna novela me ha dado tantos lectores inteligentes, cercanos, permanentes, que me importan... Con esa novela encontré mis verdaderos lectores, los que quería crear, descubrir, tener. Los que, conmigo, querían encontrar la figura de una máxima inseguridad constitutiva, no psicologías agotadas, sino figuras desvalidas, gestándose en otro rango de la comunicación y el discurso: la lengua, la historia, las épocas, las ausencias, las inexistencias como personajes, y la novela como el lugar de encuentro de tiempos y seres que de otra manera jamás se darían la mano.

Me la daba, afectuosamente, Iván Gravet. No le ofendía una divertida cita literaria del *Judío de Malta* de Marlowe. Éramos escritores y hombres de mundo, y añadió: yo debía entender dos cosas sobre el destino de Diana. Ella y él, los dos, no protestaron contra la calumnia del FBI por un racismo abruptamente surgido de sus genes caucásicos. El FBI, sin duda, jugó esa carta. Protestar contra la calumnia podría entenderse como asco, repudio de un bebé negro. Ellos —Diana e Iván— vieron esa trampa. Pero la cólera de Diana era contra la manipulación política de su sexo. El FBI la reducía a un objeto sexual. La presentaba como una mujer blanca hambrienta de un hombre negro. Además, y finalmente, no era cierto. El padre no era negro —tú y yo lo sabemos—, el bebé tampoco.

—¿Tuvo que exhibirlo en Jeffersontown? Creí que no le importaba el *qué dirán* de ese mundo.

—Sí. Ella nunca quiso ser juzgada como una personalidad esquizoide, la chica pueblerina dividida entre su hogar, su familia, su paz de espíritu, su estabilidad de clase media, sus Navidades y sus Días de Gracias, y todo lo demás...

—¿Tuvo que fotografiar el cadáver del niño? Me parece una...

—Necesitaba ser testigo de su propia muerte. Es todo. Quiso ver cómo sería vista si ella misma regresaba muerta a su pueblo, quería ver las caras, oír los comentarios, cuando aún podía hacerlo. Ese bebé fue una Diana sustituta, una niña inocente, Diana pura y vuelta a nacer. Ya ves, la puta murió en su país. Y muere todo el tiempo.

—Perdón. *Je suis désolé* —dije y recordé a Diana. Me apretó el brazo—. Quería responder a la opresión con algo más que la política, que no entendía. Creía que la sexualidad y la vida romántica serían su aportación a un mundo en el que sobraba eso mismo. No se dio cuenta de que una cosa llevaba a la otra. ¿Ves?, la rebeldía al exceso sexual y éste al alcohol y al trago, a la droga y la droga al terror, a la violencia, a la locura...

—Entonces hay que juzgarla como no quería, como la chica pueblerina que no resistió el mal de un mundo para el cual no estaba preparada...

—No. Yo la quise. Perdón: la quiero.

—Yo ya no.

—Era una ingenua política. Le advertí muchas veces que los gobiernos democráticos saben que la mejor manera de controlar un movimiento revolucionario consiste en crearlo. En vez de encarnarlo, como los regímenes totalitarios, lo inventan, lo controlan y cuentan con un enemigo confiable. Ella nunca entendió esto. Cayó una y otra vez en la trampa. El FBI decidió darle la puntilla con una gran carcajada.

—Creí que la ibas a defender.

—Claro que sí. Diana Soren, querido amigo, fue un ser ideal. Resumió el idealismo de su generación, pero fue incapaz de vencer a una sociedad corrupta y a un gobierno inmoral. Es todo. Piensa así en ella.

Escuchamos la voz alegre de Gabrielle buscándonos en el laberinto, reclamándonos para ir a comer...

XXXIII

La versión más terrible del fin de Diana me la dio Azucena, la secretaria catalana. La encontré por casualidad en las ramblas de Barcelona, a mediados de los ochenta. Yo había ido a visitar a mi amiga y agente literaria, Carmen Balcells, con un propósito caritativo. Quería pedirle que apoyara al novelista ecuatoriano Marcelo Chiriboga, injustamente olvidado por todos salvo por José Donoso y por mí. Ocupaba un puesto menor en el Ministerio de Relaciones en Quito, donde la altura lo sofocaba y el empleo le impedía escribir. ¿Qué podíamos hacer por él?

Azucena trajo a mi memoria los días pasados en México y la grata sensación de su presencia siempre tan digna. Mientras caminamos hacia el Paseo de Gracia, donde yo me alojaba, ella habló con la cabeza baja e hizo una exposición severa, objetiva, de los hechos que, por respeto a Diana y a sí misma, Azucena no quería rebajar al sentimentalismo.

Ella la acompañó a los Estados Unidos al entierro del bebé en Jeffersontown. En el vuelo de París a Nueva York y luego a Iowa, Diana estuvo tranquila, con una sonrisa lejana, casi beatífica, imaginando el cadáver en el ataúd blanco que la acompañaba en este viaje que había realizado docenas de veces. Pero en el vuelo de regreso, del JFK al De Gaulle, sucedió algo terrible. Diana se excusó para pasar al baño. Tres minutos más tarde, salió desnuda, gritando y corriendo a lo largo del pasillo. Nadie se atrevió a tocarla, a detenerla, hasta que un negro fortachón lo hizo, la envolvió en un cobertor y la devolvió, súbitamente tranquilizada, pero mirando intensamente a los ojos del pasajero negro, a su sitio al lado de Azucena en la primera clase. La catalana le dio unas pastillas somníferas y le aseguró a las azafatas que de allí en adelante Diana dormiría tranquilamente.

Siguió tranquila en París por algún tiempo, compartiendo el apartamento del Boulevard Raspail con Iván, con quien ya no tenía relaciones. Buscaba, en cambio, chicos jóvenes en los bares y hoteles de París, sobre todo si eran jóvenes y hippies, con un aire de espiritualidad y un culto por la droga, que entonces empezó a tomar en serio, naturalmente, como el siguiente paso de su maduración espiritual y su rebelión. Pero pertenecía al mismo tiempo a la cultura del alcohol y Diana no era una mujer que abandonara una etapa anterior de su vida cuando se zambullía en una nueva.

Entendí, en las palabras de Azucena, una gran verdad sobre mi antigua y pasajera amante. Lo quería todo, pero no de una manera avara o egoísta, sino todo lo contrario, como una forma de generosidad consigo misma pero también con el mundo, los mundos, que iba viviendo. La provincia del Medio Oeste norteamericano, Hollywood, el mundo intelectual que su marido le ofreció en París, la rebelión de los sesenta, las causas liberales, los Panteras Negras, el revolucionario mexicano, todo lo iba acumulando para que todos esos mundos siguieran siendo suyos pero, sobre todo, para que ninguno de ellos la considerara ingrata, o incapaz de responder a su propio pasado. El pasado era una responsabilidad inconclusa que a ella le correspondía cargar, aunque fracasara.

—¿Por eso no sacrificaba nada? ¿Por eso regresó con el niño muerto a Iowa?

—No sé —contestó sencillamente Azucena—. La verdad es que Diana sufrió mucho. Entraba a un lío y ya nunca salía de él, como no fuera metiéndose a otro lío.

Quería mantenerse delgada para volver a filmar. Las dietas rápidas la debilitaban y enervaban. Aumentaba su dosis de alcohol para acallar sus temores. El alcohol la hinchaba. Aumentaba la droga para adelgazar y dejar de beber. Entró y salió de varias clínicas. En ellas, se dedicaba a repetir una y otra vez los gestos y ocupaciones más sencillos. Azucena la visitaba a diario y la veía levantarse, ir al baño, orinar, evacuar, tomar su desayuno, lavar su ropa en el lavamanos, barrer su cuarto y volverse a acostar. Pero cada uno de estos actos, cada uno, tomaba entre dos y tres horas, agotándola. Después de barrer el cuarto, volvía a acostarse hasta el día siguiente, cuando se levantaba e iba al baño y la ronda se reiniciaba.

Miraba en estas ocasiones a Azucena con una mezcla de actitudes y emociones. La miraba de reojo, para asegurarse de que la catalana la estaba mirando a ella, dándose cuenta de lo que hacía y, lo que contaba sobre todo, aprobándola, aplaudiendo el esfuerzo y la importancia de cada uno de sus actos…

Estuvo largo tiempo en un asilo cerca de París, sobre el río, desde donde sólo se veían chimeneas de fábricas a través de las rejillas de la ventana. Allí, Diana empezó por dedicarse a redescubrir su propia cara con su mano frente a un espejo, como si intentara recordarse a sí misma. Ese acto se convirtió en un rito diario. La permanencia de sus facciones parecía depender de él. Sin ese ritual, Diana hubiese perdido su propia cara.

Un día, sin embargo, Azucena notó que los dedos de Diana ya no seguían los contornos de su rostro. Más bien —lo vio acercándose a ella— dibujaban otra cosa sobre él. No quiso alarmarla. La observó varios días, curiosa, preocupada, atando cabos. Siguió la mirada de Diana del espejo a la ventana. La mujer dibujaba con un dedo sobre su cara el paisaje exterior de chimeneas. Quería el mundo. Quería crearlo. Sólo podía reproducirlo como un tatuaje invisible sobre su rostro en un espejo lleno de escarcha.

Estaba muerta por dentro. Su muerte interior precedió a su muerte exterior. Los hombres que la acompañaban eran, en el mejor de los casos, sus guardianes, sus carceleros. La acompañaban en la droga. Los veía como amigos un día, como enemigos al siguiente. Se escapaba de ellos para recoger desconocidos en los vestíbulos de los hoteles frente a las grandes estaciones, Gare de Lyon, Austerlitz, Gare du Nord. Las estaciones de los viajeros mínimos, anónimos, comerciales. ¿Quiénes serían? De eso se trataba: Nadie. El sexo sin bagaje, nada que entrara de verdad a su vida, porque ella no soltaba nada y el exceso de equipaje ya era muy pesado, muy caro...

—Quiso simplificar tanto su vida que al final sólo comía alimentos de perro.

Nadie le daba trabajo. Imaginaba una extraña película —me dijo Azucena esa tarde en Barcelona, sentados al cabo en un café de las ramblas— en la que no pasaba nada pero todo pasaba al mismo tiempo. Eran cuatro escenas simultáneas, sin gente, puro lugar, puro color, pura sensación. Un lugar era un desierto. Era México. Otro lugar era pura piedra. Era París. Otro lugar era luces, muchísimas luces. Era Los Ángeles. Otro lugar era nieve y noche. Era Iowa. Quería juntarlos todos en una película y sólo entonces, cuando todos estuvieran reunidos, ella entraría a la película.

—¿Sabes una cosa, Azucena? Ahora voy a voltearme para ver por última vez cada uno de los lugares donde viví.

Fue lo último que le dijo.

XXXIV

Me crucé con ella una noche en un restorán de París a finales
de los setenta. Me sonrió fijamente pero no me reconoció.
Era como una muerta a la que no le cerraron los ojos. Una
sonrisa sin destinatario. El desfase de la mirada. Una zombi
de carnes hinchadas. Una carne miserable. Una belleza mal
nutrida. No pude impedir que me asaltara un sentimiento
inútil. ¿Pude haberla ayudado? ¿Era en algo culpable de esto que
estaba viendo y que me miraba sin reconocerme? ¿Un solo
muchacho del Medio Oeste norteamericano la hubiese hecho feliz para siempre? ¿Hay una parte de la vida que no
se deja purificar? No tengo explicación para lo inexplicable.
Pero tampoco la tiene el mundo.

XXXV

Tomé unos años más tarde un avión de Los Ángeles a Nueva York, sin escalas. Venía de dar una serie de conferencias en universidades de California y decidí pagarme el lujo de una primera clase en jumbo para descansar a pierna suelta durante el largo trayecto de seis horas y media. Iba muy poca gente en la primera clase. Cuando todos estábamos sentados, un funcionario de la Pan American Airways (que entonces tenía ese servicio de costa a costa) condujo especialmente a la primera fila a una mujer espléndida que pasó con un perfume entre olímpico y selvático, una negra con falda corta y piernas largas, muslos perfectos y senos maravillosos, pero con un vientre de madre, de diosa de la tierra sojuzgada de África y América. El cuello tenso juntaba y delataba todos los pesares, miedos y timideces de esta leona, que lo era, coronada por una melena de animal, con colores de tornasol, cobrizos, rojos, rubios, negros, púbicos. Claro que la reconocí. Era Tina Turner y me llamó la atención su dolor, su modestia disipando todo aire de estrella, toda arrogancia inmerecida. Los ojos velados se decían a sí mismos: No tengo derecho a todo esto, pero sí lo merezco. No pedía perdón por su fama, pero prefería que compartiésemos, al menos en su anonimato viajero, el sentido humano de sus canciones. Se acurrucó junto a la ventanilla de la primera fila, se quitó los zapatos, se puso los antejos negros y una azafata, comedida, la cubrió con una piel de vicuña, suave, infinitamente arropante, maternal, que protegía a la cantante del sonido y la furia, acariciándola con el dulce sueño de la fatiga.

No quise mirarla demasiado, no quise ser curioso ni impertinente. Pensé en la canción que escuchaba tan seguido Diana Soren, *Who takes care of me?*, quién se ocupa de mí, y mirando a la leona dormida, envuelta en su propia piel, admiré con una ternura dolorosa la fuerza de esta mujer humillada, golpeada, burlada, para sobreponerse a sus pesares sin vengarse de sus verdugos. Sin pedir la muerte o la prisión de nadie, ganándose sólo el derecho a ser ella misma y cambiar el mundo con su voz, su cuerpo, su alma, sin sacrificar a ninguno de los tres. Su arte, su raza, su espíritu... Pobre Diana, tan fuerte que no tuvo defensas contra las debilidades del mundo. Maravillosa Tina, tan débil que aprendió a defenderse de todas las fuerzas del mundo...

XXXVI

Sólo fui a Iowa muchos años más tarde, durante una gira de
conferencias por el Medio Oeste norteamericano. Cuando
ella me pedía, "ayúdame a recrear mi pueblo", yo le decía
que no, "yo no tengo nada que ver con eso". "Lo has visto en
mil películas", reía ella, conociendo mi afición erudita por el
cine. Por eso sabía —le dije— que el pequeño poblado que se
ve en las películas es siempre el mismo, existe para siempre en
los estudios de la MGM y es donde Mickey Rooney enamoró
a todas las chicas del *High School* y puso obras de teatro en el
granero. Calle central y sus signos: barbería, fuente de sodas,
Woolworth's, el periódico local, la iglesia y el municipio, sus-
tituyendo a la cárcel, el bar y el prostíbulo de la época heroi-
ca. Le dije que todo esto que ella y yo creíamos cierto porque
lo vimos con nuestros ojos en la pantalla era un mito inventado por emigrados judíos de la Europa Central que querían
proponer, con gratitud, la imagen ideal de unos Estados Unidos perpetuamente bucólicos, pacíficos, inocentes, donde los
niños andaban en bicicleta por las calles repartiendo periódicos, los novios se tomaban de la mano en las mecedoras de los
porches y el universo era una inmensa pelusa perfectamente
cortada, perfectamente abierta y sólo limitada, acaso, por la
misma cerca blanca que un día pintó Tom Sawyer.

Cuando mis amigos de la Universidad de Madison me lle-
varon a Iowa en 1985, descubrí que el mito era cierto, aunque

resultaba imposible saber si el pueblo había imitado a Hollywood, o Hollywood era más realista de lo que uno suponía. El tribunal presidía la vida de Jeffersontown: un edificio neo-helénico con cornisas y estatuas ciegas deteniendo las escalas de la justicia. La Calle Principal era lo perfectamente esperado, edificios bajos de ambos lados de la arteria, zapaterías, farmacias, un Kentucky Fried con el omnipresente Coronel Sanders, un MacDonald's y un bar.

—La secundaria. No dejes de contarme sobre la secundaria —decía ella.

—Pero si nunca he estado, no tengo nada que ver con eso, ¿cómo quieres…?

Los muchachos se siguen reuniendo en el bar a beber cerveza. Son muchachos altos y fuertes. Hablan de lo que hicieron ese sábado que yo estuve en el pueblo natal de Diana. Salieron a cazar mapaches. Era el deporte favorito de los jóvenes del pueblo. Ese animal carnívoro, de origen americano, tiene un difícil nombre algonquin, *arouchgun*, y despliega una prodigiosa actividad nocturna. Tiene una piel gris-amarilla, una cola con anillos negros, pequeñas orejitas erectas, y manos casi humanas, delgadas como las de un pianista. Pero su rostro es su máscara negra, veneciana, disfrazándolo para que con más facilidad trepe árboles, se lo coma todo, lave su comida antes de ingerirla y, disfraz sobre disfraz, haga su guarida en los huecos de los árboles. Mapache enmascarado: duerme en invierno, pero no inverna. Entrega sus literas de hasta media docena de mapachitos en sólo sesenta días. De jovencito es simpático y juguetón; de viejo, irascible como un abuelo solitario. Lo come todo: huevos, maíz, melones. Es el azote de los agricultores, que lo persiguen. Los viejos mapaches cascarrabias saben escapar. Caen más fácilmente los jóvenes. Pero, joven o viejo, se vuelve salvaje al ser acorralado. Es temible en el agua; puede ahogar a su adversario.

El mapache abunda en las colinas, montes y praderas de Iowa, que es una tierra negra, feraz, de inmensos pastizales que se han estado pudriendo durante millones de años. Los muchachos pasaron la semana ocupados en cosas a veces placenteras, a veces desagradables. Las matemáticas son demasiado abstractas, la geografía demasiado concreta aunque ajena, ¿a quién le importa dónde está México, Senegal, Manchuria?, ¿quién vive allí?, ¿acaso alguien vive allí?, *dagos, chinks, kykes, niggers, spiks,* ¿tú has visto alguna vez alguien que venga de allí?

En cambio la farmacia era el lugar de citas, los amores se iniciaban compartiendo una coca cola de cereza con un par de popotes, como en las películas de Andy Ardí, y continuaba en la sala de cine los sábados en la noche, las manos sudorosas unidas en el amor y el consumo de palomitas de maíz, en la pantalla ellos viéndose vivir igual que en las butacas, ellos mirando a Mickey Rooney y Ann Rutherford tomados de la mano viendo a dos muchachos imaginarios tomados de la mano viendo a…

—Jugaban básquet en el gimnasio. No dejes de ir. Es fácil imaginarlos. Nunca cambian.

La clase de historia era lo más aburrido. Siempre pasaba "antes", en una especie de museo eterno, donde todo estaba muerto, donde no había gente como ellos, salvo cuando se trasladaban a la pantalla y se convertían en Clark Gable y Vivien Leigh, ésa sí era historia, aunque fuera mentira. La realidad podía ser una ilusión, tomar una soda de chocolate con la novia, ir al cine a ver más ilusión cada semana. Todos sabían que se casarían allí mismo, vivirían allí mismo y como casi todos eran buenos chicos, serían buenos maridos, buenos padres, y se conformarían con la madurez de sus antiguas novias, las carnes excesivas o flácidas, la muerte del sexo, la muerte del romance, del romance, del romance, que era como si la luna se apagase para siempre.

En cambio, un grupo de jóvenes a la caza del mapache vibraban juntos con una emoción que no se comparaba a nada. Los fusiles eran obvias prolongaciones de su masculinidad y se los mostraban, los pulían, los cargaban, como si se mostraran entre sí los falos, como si los actos apenas insinuados en los vestidores del campo de futbol fueran autorizados en la cacería del mapache con esos fusiles tan fáciles de obtener en un país donde el derecho a adquirir y portar armas era sagrado, eso estaba en la Constitución…

—Regresa al edificio de la secundaria por un momento, por favor…

Los perros eran como ciegos, con grandes orejas caídas, entregados absolutamente a un solo sentido, el olfato. Ciegos, sordos, plagados de garrapatas azules que los muchachos se divertían, después de la caza, bebiendo cervezas junto al fuego, en arrancarles.

—Es un edificio de los años cincuenta, moderno, bajo…

A veces, desprovistos de objeto olfativo, los perros se perdían, ciegos, sordos. Entonces bastaba dejar la chamarra de su dueño en un lugar de la pradera, para que el perro, infalible, regresara. Éste era el mundo real. Éste era el mundo admirable, cierto, concreto, inteligible. Donde un perro regresaba al punto donde quedaba la chamarra de su dueño. Se abrazaban entre sí, riendo y bebiendo, dándose codazos en las costillas, como se daban de toallazos en las duchas y evitaban, escrupulosamente, mirar demasiado bajo. Bastaban los fusiles. Los fusiles se podían mirar sin tapujos. Se podía tocar el fusil del compañero. Juntos podían desollar a los mapaches junto al fuego y regresar al pueblo con sus trofeos sangrientos y sus perros sordos.

—Hay un anfiteatro en un ala del edificio… No dejes de visitarlo…

Uno de ellos era distinto. Le parecía poca cosa cazar mapaches y arrancarles la piel. En otra época, iban al futbol con abrigos de piel de mapache. Ya no. Antes, los cazadores del Oeste salvaje se hacían gorros con piel de mapache. Ya no. Antes había hombres aquí, hombres de verdad. Se necesitaba ser hombre de verdad para cazar lo que antes había aquí en Iowa. Búfalo, nada menos. Ya no.

—Me regaló una moneda de cinco centavos con un búfalo de un lado y un indio piel roja del otro. Todavía la tengo. Me dijo que la cuidara, era curioso. Habían desaparecido primero los búfalos y los indios, y después la moneda que los representaba. Ahora se veía de un lado a un distinguido caballero con peluca, que era el intocable, el santo norteamericano Thomas Jefferson, y del otro su maravillosa casa. Monticello, construida para él mismo. Era un hombre de la Ilustración.

¿Quién mató al último búfalo?, le preguntaba a Diana ese muchacho. Esta tierra estaba llena de búfalos. ¿Quién, quién habrá matado al último...?

En todos los Estados Unidos, los postes del teléfono están hechos de metal. Aquí, aún los hacen de madera. Como si los alambres no pudiesen hablar sin las voces del bosque. La noche que pasé en el pueblo de Diana, pensando en ella, fue noche oscura y yo, en mi cuarto de hotel, con la ventana abierta, me sentí como los perros de caza ciegos y cegados por la oscuridad, pero yo sin olfato aunque sí con las orejas bien paradas, tratando de escuchar detrás de la oscuridad lo que decía el silencio. ¿Hablarían de ella? ¿Recordarían cómo la llevó un día su padre a tomar un avión a Los Ángeles, una niña de diecisiete años con pelo largo y castaño, y cómo regresó otro día, en un Cadillac abierto, envuelta en un mink pero con el pelo corto como de una recluta, rubio como de una... estrella? Así la pasearon, así la mostraron en la calle principal, entre la farmacia y la zapatería, el tribunal y la escuela secundaria.

—Ven al anfiteatro. Espera que salga la luna. Vamos a esperar un rato. Me vas a levantar la falda. Me vas a acariciar el pubis. Me vas a quitar mis calzoncitos. Cuando salga la luna, me vas a quitar la virginidad.

Era la chica de al lado, igual a todas, salvo por esos ojos grises únicos, incomparables (¿o eran azules?). Yo no sé si esos ojos de Diana podían vivir para siempre mirándose en los ojos de sus padres y parientes y amigos. Yo miré los ojos de los ancianos de Iowa y me sorprendí una vez más de la simplicidad, la bondad, la infancia recuperada y eterna de esas miradas, aunque el pelo fuese ya blanco como la navidad y los rostros más surcados que el mapa de las carreteras por donde un día corrieron los búfalos. ¿Eran estos hombres blancos y suaves como malvaviscos los mismos muchachos crueles e insensibles que salían los sábados a cazar mapaches? ¿Eran los mismos que, llenos de voluntad de sangre y violencia insatisfecha, salieron a matar al último búfalo?

—Ahora sí, cógeme, cuando la luz de la luna entra por el techo de vidrio del anfiteatro, cógeme, Luke, cógeme como la primera vez, dame el mismo placer, hazme temblar igual, mi amor, mi amor...

Cuando apareció la luna esa noche en Iowa y yo la vi desde la ventana del Howard Johnson's, me quedé convencido de que Luke, dondequiera que estuviera y quienquiera que ahora fuese, la había recortado y mandado colgar en el cielo. En honor de ella. Era su luna de papel.

Amaneció el domingo en que debía partir y recordé que ella me había pedido, no dejes de visitar la iglesia y oír el sermón.

Entro siempre un poco amedrentado a las iglesias protestantes, que no son las mías, pues la ausencia de todo adorno me hace temer una hipocresía esencial que priva a Dios de su gloria barroca y a los creyentes de compartirla, a cambio de un blanco puritanismo que sólo se pinta de blanco, como los sepulcros de los fariseos, para arrojar mejor las culpas del mundo sobre los demás, los distintos, los otros.

Subió al púlpito el pastor y yo quise, estúpidamente, darle ese papel a un actor conocido, Gregory Peck en *Moby Dick*, Spencer Tracy en *San Francisco*, Bing Crosby en *Las campanas de Santa María*, Frank Sinatra en *El milagro de las campanas*. Me sorprendí riendo bajo, mientras recordaba la extravagante imaginación de Hollywood para inventar curas boxeadores, cantantes o de dimensiones falstafianas... No. Este hombrecito de pelo blanco y cara de hacha era casi una hostia humana, sin color, blanco como la harina celestial. Tardé en distinguir el color carbónico de sus ojos como canicas negras. Y su voz no parecía salir de él; fascinado, empecé a creer que su voz era sólo un conducto para otra voz, lejana, eterna, que describía la fe luterana, tengamos una confianza radical en Dios porque Dios justifica al hombre, Dios acepta al hombre porque el hombre acepta que es aceptado a pesar de su inaceptabilidad. ¿Cómo puede el hombre tener fe en que Dios aceptaría todos los pecados de todo individuo, aun el más limpio, oculta en su fuero interno y excreta al mundo material? El hombre, en la fe, cree que es recibido por la gracia de Dios y que sus crímenes son perdonados en nombre de Cristo, que con su muerte dio satisfacción de todos nuestros pecados. El precio que la iglesia le pone a semejante fe es el de obedecer por dentro y por fuera la voluntad divina. Eso exige la fe, no la razón, pues la razón conduce a la desesperanza. Cuesta concebir racionalmente que Dios justifique al injusto. El creyente se abraza del Evangelio para entender que *Evangelio* quiere decir: *Dios justifica a los creyentes en nombre de Cristo, no en nombre de sus méritos.* Esto es lo que ustedes deben entender perfectamente este domingo. Ustedes piensan que Dios perdona porque Él es justo, no porque ustedes lo sean. Ustedes jamás podrán reunir méritos suficientes para hacerse perdonar ni la tortura a una mosca, ni el pisotón desdeñoso a una hormiga. Ustedes creen erróneamente que Dios es justo. No, la justicia no es lo que Dios es, sino lo que Dios da. Lo que Dios otorga. Lo que ustedes jamás pueden darse a sí mismos o darle a nadie. Aunque ustedes sean justos, no podrán darle justicia a nadie sino a través de Dios. Blasfemos: Imaginen un Dios tan injusto como ustedes lo son, o tan justo como ustedes quisieran llegar a serlo. No importa, no importa nada, nada, nada. Sólo Dios puede dar la justicia, aunque Él mismo sea injusto. Sólo Dios puede impartir el derecho, aunque él mismo lo viole al crearlos a ustedes. Vivan con eso, grey amada, traten de vivir con esa convicción, tengan el coraje pero también la angustia de saber la verdad de Dios: La justicia se recibe, la justicia no se tiene, la justicia no se da, la justicia no se merece, la justicia es algo que Dios nos da cuando Él lo decide, porque tampoco Dios es justo, Dios sólo tiene poder, el poder de perdonar aunque Él mismo no merezca perdón alguno. ¿Cómo lo va a merecer, si cometió el error de crear a estos seres concupiscentes, criminales, ingratos, estúpidos, autodestructivos, que somos todos nosotros, las criaturas de un Dios culpable? Vivan con eso, hermanos míos, tengan la fortaleza de vivir con nuestra imposible y exigente fe, piensen en un Dios que no merece perdón pero que tiene el poder de perdonarnos a nosotros, no caigan en la desesperanza, esperen y confíen.

Terminó. Sonrió. Lanzó una carcajada; la sofocó con una mano sobre la boca.

Recorrí después de la misa las calles de Jeffersontown donde nació y creció Diana Soren. En los porches se mecían los ancianos de pelo blanco y mirada azul, inocente, siempre inocente, tan lejana de la geografía y de la historia, tan inocentes que no querían saber lo que hacían sus propios gobernantes en esos lugares ignorados llenos de *spiks* y *dagos* y *niggers* y sobre todo *comunistas*. Los ojos de la inocencia, al caer la noche, miran una luna de papel sobre un pueblecito de Iowa y le dan carta blanca a Thomas Jefferson porque es blanco y es elegante, aunque tenga esclavos, es más inteligente que todos ellos juntos, por algo lo eligieron, sólo tenemos un presidente a la vez, hay que creer en él, pongan su perfil en las montañas y en las monedas, tiren al aire las monedas del indio y del búfalo, a ver dónde caen, la tierra es inmensa, negra como un esclavo, podrida como un comunista, mojada como un mexicano, la tierra sigue creciendo, fructificando, pudriéndose, porque la tierra se ha estado pudriendo millones de años.

Era su luna de papel, la misma que ella vio ese día mítico para su feminidad, antes de salir al mundo con una sola flecha y un arco, Diana la cazadora solitaria sobre la tierra negra y podrida de Iowa. Era su luna de papel, la misma que iluminó la noche final de los búfalos, mientras los muchachos los cazaban a caballo, de noche, disparando sus fusiles hasta apagar la propia luna. La misma que permitió a los mapaches guiarse, irritados, hacia sus guaridas en los huecos de los árboles, perseguidos por los muchachos que mataron al último bisonte de las praderas. Pero ellos cazan en jauría, todos juntos, gritando, alzando victoriosamente sus fusiles fálicos bajo la luna. Sólo ella caza en soledad, esperando que la toquen por igual los rayos de la luna y la compasión del Dios caprichoso y culpable que la creó.

Estoy seguro de que, pensando todo esto, el pastor sonrió y hubiese querido reír y reír, para burlarse, para caer bien, para exonerarse de la angustia de su propio discurso. Pero nada de eso importó. Esa noche, crecieron las aguas del río Mississippi al Este y del Missouri al Oeste, desbordando a todos sus tributarios, ahogando toda la tierra de Iowa, de Osceola a Pottamottomie, de Winnebago a Appanoose, llevándose en sus corrientes lodosas casas y guayines, postes de madera y columnas neohelénicas, agujas eclesiásticas, cosechas de trigo y maíz, papas con ojo de cíclope y gallos con crestas de lábaro, borrando las huellas del búfalo y ahogando a los mapaches desesperados, adormeciendo la pradera inundada para regresar al nombre del país indio, Iowa: país dormido, pero vigilado por el antónimo del país blanco, Iowa: ojo de halcón. País soñoliento por minutos, por minutos alerta, la tierra se hunde, desaparece, y nadie, al correr del tiempo, puede regresar a ella.

XXXVII

Diana Soren ha muerto. La encontraron pudriéndose dentro
de un Renault en una callejuela de París. Llevaba dos semanas
allí. Estaba envuelta en un sarape de saltillo. ¿Será el que se
compró conmigo en Santiago? La noticia del cable dice que
a su lado sólo había una botella vacía de agua mineral y una
nota de suicidio. La policía de París tuvo que llamar a la bri-
gada de sanidad para desinfectar el callejón donde encontraron su cuerpo encerrado en compañía de la muerte, después
de dos semanas. Lo que quedaba de ella estaba cubierto de
quemaduras de cigarrillo. Yo me pregunté, sin embargo, si al
fin, en la muerte, ella se sintió a gusto en su piel.

XXXVIII

El FBI rindió un homenaje póstumo a Diana. Admitió que la había calumniado en 1970 como parte de un programa de contrainteligencia llamado COINTELPRO. El entonces director de la agencia, J. Edgar Hoover, aprobó la acción: Diana Soren fue destruida porque era destruible. El director en funciones en 1980, William H. Webster, declaró que habían pasado para siempre los días en que el FBI usaba información derogatoria para combatir a los partidarios de "causas impopulares". La calumnia, dijo, ya no es nuestro negocio. Sólo atendemos a la conducta criminal.

Diana o la cazadora solitaria de Carlos Fuentes
se terminó de imprimir en mayo de 2022
en los talleres de
Litográfica Ingramex, S.A. de C.V.
Centeno 162-1, Col. Granjas Esmeralda, C.P. 09810
Ciudad de México.